EL SECRETO DE LÍDA
Saga Comisario Pizarro 4

Ángel Soria Rodríguez

FSC
www.fsc.org
MIXTO
Papel procedente de
fuentes responsables
Paper from
responsible sources
FSC® C105338

CAPÍTULO 1. De antigüedades por Gascuña

Lola Pastrana camina muy lentamente entre los múltiples trastos que se alinean en el sinfín de estanterías en el viejo y decrépito almacén que creó el *Abbé Pierre* en aquel pequeño lugar del sureste francés. Todos aquellos que, de una forma u otra, aman el mundo de las antigüedades saben que la región de Nueva Aquitania, en Francia y más concretamente en las Landas de Gascuña, es el paraíso para los ropavejeros, coleccionistas de antigüedades y anticuarios que diariamente hacen cola en la puerta de entrada del almacén.
A Lola no le interesan, en absoluto, las tiendas relucientes, bien ventiladas y de maravillosas piezas. Esas tiendas que ofertan piezas bien conservadas y que albergan las más caras, extraordinariamente mantenidas y relucientes antigüedades que harían feliz a cualquier galerista de París. No; a ella le gustan los *bric-a-brac*, los *brocantes*, los chatarreros de cualquiera de los pueblos pequeños entorno a Bayona.
Esos que amontonan, más que colocan, sus artículos. Esos comerciantes que venden, sin saber muy bien, qué es lo que venden, y que al precio que ellos han pagado añaden una pequeña comisión, por su trabajo. En estos lugares, dice Lola a quienes quiera escucharla, existe un público fiel. Pero es un público fiel a lo que ellos buscan. Unos, los más, buscan algún pequeño objeto que necesitan. Puede ser tanto una cubertería, como una vajilla que, ¡vaya por Dios!, presenta un pequeño golpe, una desportillada esquina y que le

sirve para obtener una rebaja importante en el precio final. Otros buscan una pieza de colección; algo que les resulte imprescindible en la decoración de su hogar, de su despacho o algo que piensa que a su esposa o marido le puede parecer una buena compra como regalo de aniversario. Y luego están aquellos que, como ella misma, escanean más que miran, cualquier cosa que cuelga de una pared; ese extraño mueble amontonado entre otros muchos; aquella extravagante silla a la que le falta una pata o, ¿por qué no?, ese manuscrito empolvado y comido por las larvas de los gorgojos, esas lepismas, que se alimentan del papel o de los elementos *amilosos* que contiene la cola de encuadernar o el apresto de las hojas.

Lola ha encontrado una cajita de madera. Una caja pequeña hecha en madera de caoba, con una bocallave de plata. No tiene llave, claro, y está cerrada pero no importa. En Madrid, su carpintero de cabecera, Santiago de Limpias, se la podrá abrir y, si no encuentra una pequeña llave con la que abrirla, podrá sustituir la bocallave por otra, aunque no tan importante, claro, como la original que tiene la caja. Mueve la caja, por ver si contiene algo. No suena; esta vacía. Gira la cajita para ver la trasera y la parte baja y ve el precio: 5 euros. Sonríe. En cualquier anticuario estaríamos hablando de, al menos, cincuenta. Llama a Jacinta, una española que trabaja en el bric-a-brac, hija de emigrantes salmantinos, quien se la reserva colocándole un cartel de "vendido". Sigue su búsqueda sin darle mayor importancia. Aún quedan multitud de tesoros que descubrir. Mientras continúa con la búsqueda de esa pieza que haga merecer la pena el viaje y que siempre se encuentra de una forma u otra. Ha pensado que bien podría servirle la cajita para regalársela a su hermana, Catalina, que es fiscal en Madrid y en la que podría guardar esas otras maravillas que ella le ha ido regalando. Catalina es amante de las plumas estilográficas. Esos viejos tesoros que aún funcionan y que colecciona con avaricia.

Catalina ha asegurado su relación con José, un policía, bueno en realidad –piensa- expolicía con el que lleva un tiempo saliendo. Debería buscar algo también para José. Está segura de lo que le regalará: un libro de cocina francesa. José Pizarro, el novio de Catalina, es un amante de la cocina; un *gourmand* al que el vino y la cocina le vuelven loco.

Ha hecho todas sus compras. Ahora que llega la Navidad, piensa, es el mejor momento para venir hasta Gascuña. Compra, para la cena, *foie-gras;* unas frutas escarchadas de Vaucluse para el postre y dos botellas de *champagne Tattinger Prelude grands cru*. Conociendo a Pizarro, se dice, seguro que este le hace feliz.

El mercado de Les Halles, en Bayona está asentado junto al río Adur. Entrar en el mercado, en los días previos a la Navidad es asegurarse un placer visual único. El aroma de frutas frescas, unas frutas traídas desde España y en la que aquí, en nuestro propio país, donde se producen, jamás vemos tan grandes, relucientes y sanas. Parece como si las naranjas valencianas de Bayona fueras las madres de las que nos venden a nosotros, piensa Lola. En la pescadería observa el nácar de una merluza traída de Ciboure a primera hora y unas cajas de ostras que, a media mañana, con una copita de *champagne* es un aperitivo único. Eso sí, piensa mientras sonríe, aún dicen que el *jambon* de Bayonne es como nuestro Ibérico de Bellota. Yo creo, dice para sí, que les ha hecho daño el *champagne*.

Frente al mercado compra, en una extraordinariamente adornada confitería, una cajita de *macarrons* de variados colores. Estos, piensa, son como nuestras *perrunillas*, pero vestidos de *Christian Dior*. Sería una gozada que Agatha Ruiz de la Prada, bañase de color las tradicionales perrunillas de nuestros pueblos. Seguro que no tenían nada que envidiar a estos *macarrons*, se divierte hablando para sí misma.

Lola ha salido de la confitería y ha ido paseando hasta la *Petit Bayonne*, donde ha dejado el coche. Pizarro le ha dicho que, si termina a tiempo, no deje de pasarse por el *Auberge du Cheval Blanc*, donde Jean-Claude Tellechea, en embajador del jamón de Bayona, le dará de comer bien y a un precio módico. Lola se negó, cuando Pizarro le dijo que tenía una estrella *Michelín* pero al decirle el precio del menú, se autoconvenció.

Es que no vas a comer mejor en ningún otro lado. Tu hermana y yo lo hemos hecho en la práctica totalidad de restaurantes de Bayona y no hemos encontrado nada igual.

Lola se decantó, finalmente, por el consejo de Pizarro y, al terminar la comida, desde la mesa misma, le llamó para agradecerle su consejo.

Ha sido toda una experiencia. Es cierto que siempre que vengo a Bayona acabo comiendo una ensalada. La cocina aquí, en el País Vasco francés, al contrario del español, no merece la pena. Sí que lo hace, es cierto, le dice a Pizarro, cuando sales a Las Landas. Allí, con el pato y las ocas es todo distinto.

¿Está Jean-Claude en la sala?, le pregunta.

Sí. Ahora me está cobrando.

Perfecto. Cuando pagues le dices que se ponga al teléfono. Voy a saludarle.

¿Estás seguro?

Si, mujer. Es un buen amigo.

Ella le dice que José Pizarro, su futuro cuñado, quiere hablar con él y el chef levanta los brazos en señal de alegría.

¡Madamoiselle, comment ne m'avez-vous pas dit que vous étiez l'amie de monsieur Pizarro!

Jean-Claude y José se enzarzan en una charla acompañada de risotadas que acaba con una invitación a café y una copa de ron *Zacapa Centenario Royal*, que Pizarro le ha dicho que le sirvan a Lola de su parte y que a esta le ha sabido a gloria.

Nunca te lo dirá, por no parecer una borrachina, le dijo Pizarro al chef, pero Lola se muere por el ron añejo.

Lola sonríe. Para que ha de necesitar nadie amigos teniendo a parientes como este gamberro, dice.

Jean-Claude le da la razón y la despide, ceremonioso, pidiéndole que cada vez que vuelva a Bayona le haga una visita.

Lola camina hasta el majestuoso Ayuntamiento de la ciudad y saca su coche del aparcamiento. Enciende la radio. Suena la más famosa *Barcarolle* de los Cuentos de Hoffman; la última ópera de Offenbach. *Belle Nuit, ô Nuit d'amour.*

Hermosa noche, oh noche de amor
sonríe a nuestra embriaguez

Canta por encima de las bellísimas voces de Anna Netrebko, una de sus cantantes favoritas y Elina Garanca una *mezzo* bastante aceptable como *partenaire* de la Netrebko.

CAPITULO 2. Se acerca la Navidad

José Pizarro ha desayunado en *Casa Rúa*. Cuando llegan las Navidades José Pizarro pierde la pátina *gourmand* que de modo indefectible le acompaña a ojos de todo el mundo para comerse un buen bocadillo de calamares en la Plaza Mayor. Un bocadillo caliente, quemando, con una caña de cerveza bien fría. No hay nada para reafirmar la *madrileñidad* de un hombre que tomarse un desayuno de estos en Casa Rúa. A Pizarro no le extraña ver cómo los jóvenes e incluso algunos críos comen con fruición los calamares. Lo que no entiende es quién carajo les ha dicho que los calamares en bocadillo se comen con ese sucedáneo de mahonesa por encima. Mayonesa, dicen ellos, quitándole la exclusiva de su título a las Islas Baleares. Sólo les ha faltado llamarla bayonesa. Al salir de la Plaza se encuentra a uno de sus vecinos más ilustres: Arturo Pérez Reverte a quien conoce bien.

¿Qué te parece, Arturo?, le pregunta.

¿Y qué esperas, madero?, le dice. Yo estoy a punto de entregar la bayoneta.

No lo hagas, escritor. Aún nos quedas tú para ir salvando esta lengua a la que –menos mal- nos salvan nuestros hermanos *latinos*.

No me jodas, madero. No digas latinos, que pareces un jesuita.

Arturo se marcha rumiando su suplantada mala leche. No hay un tipo más majo que Arturo, piensa Pizarro. Pero le pasa lo que a otros autores: que se ha creado un personaje, un sosias, con fama de mala leche para espantar a pesados y molestadores oficiales.

José da un paseo hasta Yustas. Ha echado el ojo a una gorra de fieltro que le quite el frío en las orejas que este mes de diciembre se ha asentado en Madrid. El propietario, Mario Corazón, que le conoce de su otra vida como policía, intenta venderle, el muy burlón, una gorra *deerstalker,* la que le dio fama a Sherlock Holmes.

Ahora, le dice, esta es la que mejor te vendría. Aunque es cierto que para seguir a alguien no te vale. Cualquiera que te viera con ella desde lejos sabría que eres detective.

Déjate de chuflas, sombrerero, y dame una de esas gorras que se llevan ahora. Una que no vaya cantando por la calle.

¿Qué te parece esta?, le dice enseñándole una visera con el escudo del Atlético de Madrid.

Esta déjasela a Almeida, el alcalde. Si algún día consigue el Atleti ganar algo igual se la puede poner para recibirlos en el ayuntamiento.

Corazón, que es rojiblanco, rabia y da con la gorra en la cabeza.

Siempre tan fantasma, merengón. Pues estáis ahora como para ir dando la barrila.

José Pizarro se ha comprado una gorra de visera. No es una gorra normal, sino una gorra de *Tweed* de espiga. Es una gorra *vintage* como la que llevaban los chavales que tiraban los periódicos desde las bicicletas en el Reino Unido. José Pizarro, con su gorra de color gris marengo, parece un inglés de visita en España.

Sale de Casa Yustas y camina por el soportal mirándose en el escaparate de todas y cada una de las tiendas que le salen al paso. Se diría que hasta se siente elegante. De pronto se para. Uno de los muñecos que pululan por la plaza; el que representa a Mickey Mouse, abraza a una señora para hacerse una foto. El policía que aún anida en el cuerpo de José Pizarro descubre un movimiento rápido. Una mano que baja por la espalda de la señora; un bolso que es abierto con esa mano y una cartera que se pega a ella y sale para que, rápidamente, se aloje en el bolsillo del disfraz de ratón.

Pizarro le quita de un guantazo el disfraz de la cabeza. Mickey Mousse ha sido decapitado de un golpe certero. Un niño llora desconsolado al ver a su ídolo sin cabeza. La señora y su marido, un turista de bolsita en bandolera, se lían a bolsazos con Pizarro. Este, echa el pie atrás y, antes de que continúen ablandándole la espalda a bolsazos, extrae la cartera del bolsillo del falso ratón. La señora, ahora, duda entre si el policía ha robado la cartera al ratón o este, en realidad, se la había robado previamente a ella. Echa mano a su bolso y descubre, llorando, que había sido ella la robada. El matrimonio se deshace en perdones y alabanzas hacia Pizarro y un policía municipal mayor, que hace guardia en la Casa de la Panadería, se ha acercado para ver qué ocurre allí. La cosa acaba con la detención del hombre-ratón, el agradecimiento del matrimonio a José, que ha desistido de ser invitado a comer por los turistas, y estos dos últimos, con el bolso cogido por las dos manos como si llevase en su interior una bomba de neutrones.

Hay días, piensa José, que sería mejor quedarse en casa encerrado hasta que pasen las fiestas.

Son ya las 15,45 y es hora de ir, poco a poco, caminando hasta la Plaza de España. Allí está el apartamento de Catalina Pastrana, la fiscal. Hoy vuelve Lola, su hermana, que ha estado en el sur de Francia pasando unos días de vacaciones. Está deseando saber qué ha comprado para la cena de Navidades. José, por su parte, ha comprado los turrones en *Casa Mira*, como hace siempre. Esto de tener de todo y abierto todo el año es una garantía de calidad, se dice. Antes, como es de ley, se ha tomado su consomé con un pequeño canapé de salchicha trufada en Lhardy, que extrañamente aparecía medio vacío.

Pasea por la Gran Vía, desde la Red de San Luis. Al llegar a Callao cambia de acera. Ha evitado pasar por la calle Leganitos o sus aledaños porque, siempre, pero siempre, que pasa por allí, sale alguien de la Comisaría y termina ahogado de vinos y copas. No en vano han sido años de compartir experiencias y riesgos con todos y cada uno de ellos. Los policías, siempre lo ha pensado, tendríamos que tener la misma condición de mineros y marineros de cara a la jubilación. Finalmente llega a la conclusión de que para qué querrá él la jubilación anticipada si no sabe qué hacer con su tiempo. Bueno, piensa, en realidad sí que lo sé. De hecho aquí estoy, de autónomo, pateándome el centro de la ciudad, arriba y abajo en busca del pan nuestro de cada día.

Ha cruzado la Gran Vía en dirección a Plaza de España. Allí está el antiguo Mercado de los Mostenses. Siempre que pasa por el Mercado se acuerda de Ramón Gómez de la Serna. *"Madrid es no tener nada y tenerlo todo"* decía. Y así es. Ahí está, sobre el antiguo Convento de los Mostenses. A Pizarro le llena de nostalgia pasear por estas calles. Calles como la de Libreros, que albergaba la librería *Felipa*, donde compraba, más baratos, los libros universitarios. La cafetería Selva, que aún sigue pero ya no sirve aquellos chorizos al infierno de su juventud. Enfrente quedaban *Vanity*, *La Araña Lunar*, solo para parejas y que se anunciaba en aquella *Radio Hora* que sólo daba las horas, la discoteca *Chelsea*...

Suena un claxon que despierta a Pizarro. Se fija en el coche y sonríe. Es Catalina.

¿Adónde vas? Parecías alelado. ¿Y esa gorra? Te queda bien.

Dos preguntas, una apreciación y una opinión. No está mal para no haberme dejado meter baza en el saludo. ¿Tiene la fiscalía algo más que añadir?

Sí señoría. Que podría usted invitarme a un americano.

¿Un americano a estas horas? ¿Y en ayunas?

Dos preguntas contra ninguna. ¿Tratas de empatarme?

¿No preferirás un *Negroni*?

¿Quiere usted embriagarme para aprovecharse de mí, ex policía? Nada de ginebra. Mejor un americano.

Como usted guste, señora fiscal. Pero no sé como podría abusar de ti teniendo en casa para comer a tu hermana Lola. ¿O te habías olvidado?
Noooo. No me acordaba. ¡Qué pereza!
No seas mala, que Lola es un encanto.
Si. Si no digo que no lo sea. Pero no me acordaba. Había pensado que podríamos comer algo ligero, aquí, aprovechando que hace este resol invernal. Y luego podríamos subir a casa. Tengo ganas de escuchar música mientras el famoso ex comisario Pizarro me hace el amor.
Anda, termínate el americano que hay que encender el horno. Un pescado como el que compré anoche merece ser asado lentamente.

****

Hola, Belén. Te he dejado en las subastas una cajita que he comprado en Bayona, llama Lola a su amiga experta en antigüedades por teléfono.
Sí, dice Belén. La he visto. Parece un joyero algo rústico, es cierto, pero bastante antiguo.
¿Estás segura?
Creo que sí, pero hay que estudiarlo a fondo. Te digo porque la marquetería taraceada recuerda esos mosaicos con incrustaciones andalusíes de las celosías de la Alhambra.
¿Y la madera? ¿Qué me dices de la madera?
Pues que por su dureza y su veta se trata claramente de caoba. La caoba, como bien sabes, es una madera proveniente de países húmedos; tropicales. Esta, que luego ha sido trabajada con claros símbolos de Al Andalus, podría venir de

15

algún país selvático de la cosa de África Central; probablemente Guinea Ecuatorial.

Pero con todo me quedo con la bocallave de plata. Nunca había visto algo igual. Bueno, la bocallave y la incrustación de esa lágrima de ámbar con el insecto dentro. En toda mi larga vida de de ver pasar piezas y piezas por mis manos había visto algo similar.

¿La has podido abrir?

No, todavía no. Pero no contiene nada dentro, eso seguro, o al menos, tras agitarla, lo parece. La hemos zarandeado y no ha sonado nada dentro. ¿Qué piensas hacer con ella?

Había pensado regalársela a mi hermana. Es perfecta para guardar plumas estilográficas, que las colecciona desde bastante tiempo.

Pues es perfecto para ello. ¿No la vas a llevar a reparar, entonces?

Sí. Había pensado en Santiago Limpias, el ebanista. ¿Qué te parece?

Ideal. Pero no sé si Santiago tendrá tiempo. Está muy ocupado ahora con sus once nietos. Ya sabes que cada día es más difícil encontrar ebanistas y, los que quedan, tienen lista de espera. Déjame que hable con él y te digo.

Si puedes intentar abrir con una llave de los miles de ellas que tienes en la tienda. Si puedes abrirla y encuentras algo me avisas. ¿Vale?

Sí. No te preocupes. Yo te aviso mañana.

Hasta luego, Belén. Y muchas gracias.

Ciao, Lola

CAPÍTULO 3. Unos años antes

Ludmila Babková se ha vestido con su mejor traje. No en vano hoy celebra su cumpleaños y tiene que ser la reina de la noche. Nada menos que 21 años. A partir de ahora, piensa sonriente, podría incluso ser elegida presidenta de la República. A Ludmila le han organizado una fiesta en el estudio donde trabaja su hermana Zorka. Zorka es un año mayor que ella y, hasta ahora ha ejercido como tal. Ludmila es una joven y prometedora actriz que ya ha trabajado en algunos pequeños papeles sin importancia. Nunca pensó en ser actriz pero siempre acompaña a Zorka en los rodajes y siempre destaca por su belleza natural. En uno de ellos Otakar Vávra, el reconocido director, le pidió que se uniese al rodaje con un pequeño papel. A Vávra le gustaba la frescura de su rostro. Fue una pequeña aparición, en un papel sin frase. Más tarde le pidió que acudiera a la grabación de *Filosofská historie*, en la que recibió una buena crítica. En los dos renglones donde se hablaba de su actuación, el crítico auguraba un gran futuro en la interpretación a Ludmila a quien, no obstante, recomendaba volar libre, sin la atadura de su hermana Zorka, a la que no vaticinaba una larga carrera.

Lída, que era como llamaban a Ludmila en casa, se rió del crítico pero fue bien cierto que ya nunca volvieron a llamar a Zorka y sí a ella. Seguramente, pensó con tristeza, se deba a la enfermedad del doctor Parkinson, que ha heredado de mamá.

Vávra quiso volver a dirigir a Lída. Incluso le hizo cambiarse el nombre por otro más artístico, menos eslovaco. Ludmila eligió su Lída familiar y Baarová en lugar del Babková que figuraba en su documentación oficial.

Enseguida su rostro comenzó a salir en películas y revistas especializadas. Fue varias veces portada de *Kinorevue*, la gran revista dedicada al séptimo arte y al teatro checoslovaco. Pero el cine de su país no terminaba de romper con su constreñido corsé centroeuropeo. Algunos países, como la vecina Alemania, que tras el nazismo se apartó de la corriente americana, se habían abierto a Hollywood y enseguida vieron en Ludmila una actriz que marcaría una época.

Ludmila no se lo pensó cuando recibió un telegrama en el que la invitaban a acudir a los estudios *Babelsbere*, en el mismo corazón de Postdam. Corría el año 1934 y se decidió por el gran salto y acompañada por su hermana, viajó hasta el mismo Berlín, meca del cine europeo. Un plateado Mercedes Benz prototipo las recogió y las llevó hasta el estudio donde fueron recibidas como lo que era Lída: una gran promesa en ciernes. Para Ludmila, especialmente, y para Zorka, desgraciadamente, el mundo había cambiado. Ya no habría más cine que el cine alemán, ni más actores y actrices que Fröhlich y Dietrich, espejos vivos y patrios en los que mirarse. Hoy ha sido Fröhlich quien se ha dirigido a ella para que ruede con él su próxima película: *Barcarole*. La calidad de la cinta, la presencia en el estreno de Hitler y un buen *marketing* hace de la película un pelotazo que eleva a Lída al estrellato.

Siempre quiso recibir una educación esmerada. Pensó en la escuela de interpretación de Max Reinhardt, pero el exilio de este tras la ascensión, en 1933 de Adolf Hitler al poder, dio al traste con la escuela y los sueños interpretativos de Lída.

Aquel Berlín por el que suspiraba Lída (licencioso y efervescente), el Berlín que más tarde Bob Fosse retrató en *Cabaret*; un Berlín lleno de locales nocturnos y que rompía moldes en Europa por su libertad sexual, el auge del travestismo y la farándula se volvió gris y entristecido. El ascenso nazi y el pánico que sembraban por sus calles, se fue apagando y fundiéndose a negro hasta desaparecer en lo peor de su historia. Allí, en ese Berlín, fue donde Lída, no obstante, buscaría hacer carrera. Una vida profesional de escaso recorrido, pero que la llevo a un mundo de jerarcas alocados, paso previo al abrupto final de su intrascendente carrera cinematográfica.

****

Lida ha llegado al estudio y se dirige a la zona de camerinos. Una pareja de jóvenes uniformados se dirigen a ella: son apenas dos niños. Llevan un uniforme que meten miedo. Un pantalón negro, corto, con cinturón por encima de la camisa, también negro, como el correaje que les atraviesa el pecho. La camisa **es** de color pardo. Llevan un brazalete en el brazo izquierdo con dos bandas de color rojo y una, central, de color blanco. El centro del brazalete, en color negro, lo cruza una gran cruz gamada. Sobre los dos hombros unas hombreras negras y, tapándose la cabeza, una gorra cuartelera de color pardo. Calzan botas y medias gruesas de lana, también en color pardo.

¡Heil Hitler!, gritan al unísono mientras levantan sus brazos diestros.

Lída se asusta. Nunca había visto una rigidez, una imagen más aterradora que la que ofrecían aquellos dos imberbes.

Los aprendices de soldado entregan un sobre pequeño, con un billetito dentro. Lida lo abre. Es una invitación. Piensa en lo curioso del término *invitación* cuando está siendo escoltada por los dos nazis, y es conducida entre ellos dos, hasta donde se verificará esa *invitación*.

Tras levantar varias veces el brazo, los soldados avanzan en dirección a un patio central desde el que salen cuatro escaleras que ascienden hasta un piso superior. Pasan una puerta fuertemente vigilada y, al fin, paran en un pequeño *hall* donde, tras consultar con quien está dentro, se les autoriza a pasar. Ya están dentro de la propia Cancillería.

Hay un sofá enorme frente a un fuego en el que arden grandes trozos de leña. Las llamas se levantan sobre el lecho de madera y ascienden por la chimenea con viveza y rapidez. Se diría que el tiro de la chimenea es limpiado cada día para evitar que el humo baje y dañe con su presencia la recargada habitación. Una *fräulain* rubia, vestida con un *dirndlgewand,* el típico traje bávaro que llevaban las jovencitas que rodean al líder la acompaña hasta dar la vuelta al sofá.

Una mujer mayor, también con su traje claramente diferente del resto, da una palmada y la cohorte de sirvientas se retira dejando solo al hombre de bigote y el flequillo lacio sobre la frente que intenta, sin ningún tipo de pulso, servirla un té.

Lída no da crédito a lo que ve. Ella ha visto al Führer en los noticieros cinematográficos y, en una ocasión, mientras visitaba las obras de los estadios donde se iban a celebrar los Juegos de Verano de 1936. Aquellas Olimpiadas preparadas a mayor gloria del Régimen y que tanto le iban a desquiciar finalmente.

Él la ordena sentarse a su lado. Deja ceremoniosamente la taza mientras pasa su brazo tras la espalda de Lída apoyada en el borde superior del sofá. Afortunadamente no la ha tocado. Ella tiembla. Lo hace con el temblor propio de un ataque de nervios. Piensa en Zorka, su hermana, a la que ni tan siquiera le dieron tiempo de avisarla de la invitación. Hitler sonríe posando sus ojos pitarrosos sobre los azules ojos de Lída. Su mano; la mano fría y húmeda de Hitler, similar a la piel de una serpiente, se posa sobre la suya. La taza tiembla contra el plato mientras Hitler le habla quedamente. No lo puede creer; le está hablando de su parecido con Geri Raubal, su sobrina. Era, dice, en realidad mi amante. Lo fue hasta que decidió suicidarse.

¿Fue usted amante de su sobrina?, se atreve a preguntar.

Sí. Bueno, en realidad ella vivía junto con su hermana Elfriede y su madre, mientras esta última era mi ama de llaves en Berghof, la villa que tenía entonces cerca de Berchtesgaden. A pesar de llevarla yo casi veinte años, era toda una mujer, pese a sus recientes diecisiete años, no creas, le dice.

Lída no se atreve a interrumpirle. Mucho menos a decirle aquello que piensa. Que a ella qué le importa el Führer, Alemania y su amante-sobrina. Pero calla y le deja continuar.

Al año siguiente, sigue Hitler, ella se mudó a mi apartamento, en Munich. Allí pasamos unos años felices, mientras estudiaba medicina. Yo la llevaba a todos lados; la incluí en mi círculo más íntimo, en el círculo más íntimo del Partido. Ángela –en realidad se llamaba Ángela- y yo pasábamos, cada día, más tiempo juntos, pero algunos miembros del Partido, comenzaron a criticar que pasara tanto tiempo con ella. Esos miembros del Partido, puritanos mojigatos, pensaban que mi relación con Ángela era pecaminosa.

¿Y lo fue?, volvió a preguntar Lída.

No. En absoluto. Mi amor era sincero. Sincero y respetuoso. Pero su juventud, el mundo universitario en el que se movía, la falta de disciplina, la llevó a traicionarme y a traicionarse ella misma. Se enamoró de mi chófer. ¿Lo puedes creer? Desde entonces no la volví a dejar salir nunca más del apartamento salvo que fuese siempre vigilada por alguien de mi absoluta confianza. Hasta ahí llegó mi amor por ella.

¿Y el chófer? ¿Qué fue de él?

Un líder no puede saber, en cada momento, cuál es el destino de sus hombres. El caso es que ella ya no quería satisfacerme. Ni de forma sexual, ni de forma espiritual. Me daba celos a cada momento para hacerme sufrir. Ernst Hanfstaengl, me lo decía: *Mein Führer,* esa mujer es una oportunista, fría y calculadora que le manipula y que, de seguir consintiéndola, le llevará a usted a la desgracia.

¿Ernst qué, dice Lída, que no se ha quedado con el apellido?

Hanfstaengl, el ahijado del duque de Sajonia, mi gran amigo y financiador de *Mein Kampf* y un gran patriota, pese a su nacionalidad británica, autor de las marchas de nuestras *Juventudes Hitlerianas*.

¿Y qué le ocurrió a Ángela?, pregunta en voz baja, temiendo enfadar al diablo de bigotillo.

Finalmente la castigué, debido a su traición. Tuve que hacerlo. Dios sabe cuánto sufrí por ello. Pero ella quería huir con ese hombre y tuve que prohibir esa relación. A mediados de ese mes, discutimos como no lo habíamos hecho nunca. Ella quería irse a Viena y abandonarme. Yo, naturalmente, no lo consentí y Ángela, mientras yo marchaba a Nüremberg, para asistir a una reunión, se disparó con mi propia pistola, una Walther, le dice a Lída como si esta tuviera que conocer las armas.

Tan solo tenía 23 años y yo ya no volví a ser el mismo que era. Hoy soy un hombre solo, sin amor. Un hombre triste y melancólico al que tú, con tu presencia, le ha devuelto la ilusión, mi querida Lída, porque tu rostro, tu belleza, todo en ti es comparable a ella. Eres tan igual a ella como solo una gota de agua es igual a otra gota. Quiero, mi querida Lída, que te vengas a vivir junto a mí, como si fueras Ángela, la añorada Geli.

CAPÍTULO 4. Navidad

José Pizarro ha salido en busca de sus regalos navideños. Ya no se entregan los regalos el día de Reyes. En España los Reyes Magos, se conoce que por la picazón que produce ver a nuestro Rey en Oriente, en lugar de ver a los de Oriente en España, ha obligado a poner el foco en Reyes más autonómicos: el *Tió* catalán, el *Olentzero* vasco, etc. Salvo en Madrid, claro, que los Reyes suelen ser concejales del Ayuntamiento en claro ejercicio de pluriempleo.

Tampoco las tiendas siguen la norma consuetudinaria para su denominación. Ya no existen Almacenes Sardina, o Camisas Yuste, o la zapatería de *Los Guerrilleros*, pongamos por caso. Ahora las tiendas tienen nombres extranjerizantes o un poco infantiloides: Caramelo, Stradivarius, etc. En esta última, observa de reojo Pizarro, su publicidad navideña: *Black Friday, Merry Christmas and the Happy New Year. ¡Oh yeah!*, les ha faltado añadir. Tampoco las dependientas se llaman como antes, señorita Puri, o Maricarmen, así todo junto; no. Ahora llevan sobre sus pechos firmes y tersos unas plaquitas cogidas con un imperdible al jersey que dicen: Jennifer, Judith o Jacqueline. Detrás, eso sí, pone Sánchez, o Rodríguez o Pérez, lo que las convierte en una suerte de sudamericanas encantadoras, aunque sean, finalmente, de Carabanchel. Es la moda…

Para un varón no acostumbrado al rito, esto de buscar regalos para dos jóvenes féminas no es fácil. Si se fía uno de su instinto varonil puede acabar regalándolas una freidora eléctrica que está muy en boga. Lo malo, claro, es que al no saber inglés podría comprarles un *Satisfayer* en lugar de una *Air Fryer*.

Finalmente Pizarro se decido por un clásico: para Catalina, tan seria y cumplidora en su trabajo, un libro. El librero se ha quedado patidifuso cuando José Pizarro le ha pedido un libro que le guste a una fiscal en ejercicio. El hombre, después de rascarse la nuca y pensar un poco, se ha decidido por *Padre rico, padre pobre*, de Robert T. Kiyosaki. Un compendio, dice la solapa interior, de los títulos más reputados en todo el mundo, en lo referente a las finanzas personales. Pizarro sigue con su máxima que dice que siguiendo el dinero, como hacían los investigadores de Watergate, se podía dar con el delito y, para una fiscal, es fundamental encontrar el camino final de ese delito. También se ha decidido por una pequeña joya. Cuando le han puesto los pendientes dentro de una cajita preciosa y se la han envuelto, con su lazo y todo el arte del mundo, ha pensado en echarse atrás. Parece, dice, que va a regalar un anillo de compromiso; y eso a Pizarro le produce una duda tremenda.

La dependienta, que tenía más conchas que un galápago, le convence para que regale la joya. Si usted, al entregarla, no se arrodilla, no se preocupe, su pareja no se hará ilusiones.

Esta, dice Pizarro, debe de ser otra de las nuevas costumbres entre españoles colonizados. Que él sepa, después de hacer mucha memoria, ni a su madre, ni a sus abuelas, se les arrodilló jamás su novio antes de pedir su mano. Incluso, pensó, no creo que mi padre pidiera la mano de mi madre. O al menos que pidiera sólo la mano, se dice, sonriendo, para sí.

Con Lola ha tenido menos problema. Lola es un libro abierto para Pizarro. Le ha regalado una reserva para tres días y dos noches en Londres. Una de ellas en *Camden Town*, el mercado alternativo londinense y otra en Notting Hill esquina a Portobello Road, la meca del mercadillo inglés. Está seguro de que le encantará.

Además de ello, y sabiendo de su ciencia gastronómica, ha reservado mesa en *Sala Cero* un restaurante del que todo el mundo habla y al que nadie de los que hablan ha acudido jamás. Sala Cero ofrece una carta *secreta*, ya que nunca han publicado fotos ni resúmenes de ella. Pizarro sí que estuvo en Sala Cero. El día de su inauguración, invitado por Javi Bonet, el propulsor del restaurante. Los platos son interpretaciones modernas de recetas clásicas, ejecutadas con técnicas de alta cocina y un enfoque claro en la calidad de los ingredientes. Está seguro de que, tanto Lola como Catalina, se mostrarán encantadas con la experiencia.

Pizarro abandona la calle Preciados antes de que el río de gente que amenaza llevárselo por delante, cual riada valenciana, termine arrollándolo. Abandona Preciados por la calle de Tetuán y se para un momento en *Casa Labra*, donde Álvaro Molina, su actual propietario, asoma por una de las puertas. Al ver a Pizarro sale del establecimiento y se funde con él en un fuerte abrazo.

Vaya, dice Pizarro, no todo se ha perdido en el centro de la Villa.

¿No lo dirás por mí, comisario? Yo sigo aquí, batiéndome en cuero contra las franquicias.

Ya se puede, dice Pizarro. Con esos Pavías y esas croquetas a ver quién es el majo, por muchos *Cien Montaditos* que te pongan, que te descabalga del pódium.

Venga, comisario. Tómate algo.

No soy comisario, Álvaro. Ya no. Ahora estoy en el emprendimiento, como tú.

¡No me digas! Algo había oído, pero no podía imaginar que te fueras del Cuerpo. Mira que siempre lo decía mi padre: podrán quitar la Dirección General de Seguridad de Sol pero, lo que es a Pizarro, no hay quien le mueva del Cuerpo.

Pues ya ves que erró. Aunque claro, él no contaba con nuestro actual ministro del Interior.

Veo que sigues enfurruñado con él, ¿no?

Bueno, en realidad es lo contrario. Es él, y no yo quien está de uñas. Y es que no está acostumbrado a que se le contraríe. Ya sabes que los jueces llevan en el ADN el hecho de tener siempre la razón.

Hombre, ahora, y según se cuenta por los mentideros, son más los que tienen *La Razón* que los que tienen la razón, dice Molina. Pizarro ríe la ocurrencia y el doble juego de palabras entre el periódico y la facultad de discurrir.

Venga, tómate conmigo un vino y unas croquetas.

De mil amores. No sabes cuánto echo de menos estos placeres que antes tenía, aquí al lado, y ahora, desde que vivo en la sierra, extraño tanto.

Es lo que tiene haberse hecho rico, Pizarro. Si te pasases el día en el bar, como hago yo, estarías deseando echar un ratito en el campo, como haces tú.

Eso es lo triste, tabernero, que ninguno estamos contentos con lo que tenemos.

Pizarro y Molina pasan dentro del bar. La barra está, como siempre, atestada de público. Las mesas del comedor, otro tanto. Molina se lleva a Pizarro hasta la cocina. Allí dispone de una pequeña mesa donde le sirve una copa de vino y el chef les acerca una bandeja generosa de croquetas y otra, no menos repleta, de los exquisitos Pavías.

****

La fiscalía está prácticamente vacía. Las vacaciones de Navidad, ahora con la posibilidad de cogerlas en días laborables, permiten a los funcionarios juntar cuatro días que, unidos a los de fiesta, dan la posibilidad de disfrutar que una quincena de días casi de vacaciones. Catalina está dando los últimos retoques a una intervención en la que insta a la autoridad judicial para llevar a cabo las medidas cautelares en unas diligencias en las que, a su entender, no se han esclarecido suficientemente los hechos. Ordena para ello a la Policía Judicial las diligencias oportunas para que el acusado no sufra indefensión alguna.

Algunos jueces -piensa mientras disfruta del último trago de su café que ya se le quedó frío- que desde su poltrona el mundo debe girar en la dirección que les plazca en cada momento. No me extraña que Pizarro los tenga atravesados, piensa, sonriendo. Menos mal, que ahora, tras la renuncia de la juez Muñoyerro-Mendoza de la Cerda tras el escándalo por su relación con el polista argentino, le ha sustituido el juez Martínez Yebra, mucho más dialogante y, sobre todo, capaz de escuchar sin que se le caiga la toga por ello.

Señora Pastrana, dice una voz que suena dentro del interfono que hay sobre su mesa, tiene una visita.

Catalina pregunta de quien se trata y, cuando la responsable de recepción le dice que es su hermana Lola, la pide que la espere en la entrada.

Ya estoy recogiendo. Dígale que estoy bajando.

Lola Pastrana pasea, arriba y abajo por la vigilada acera de acceso al edificio. Se detiene en la puerta de la Fiscalía General del Estado en la calle de Fortuny. Lola sabe, porque le encanta la arquitectura en general, que el edificio, un palacio de claro estilo *paladino*, de clara influencia italiana lo edificó la familia del marqués de Fontaba y Cubas a principios de siglo pasado. Ella conoce, perfectamente, de anteriores visitas a Catalina, el patio central con su jardín, por la parte de la Castellana, que está iluminado con luz cenital a través de una magnífica vidriera que produce luces muy diferentes según la hora del día y la estación del año en que se visite. Ahora, con esto de la Seguridad en los edificios públicos, es más difícil acceder a ellos. Lola no piensa tanto en el edificio, ni en su estilo arquitectónico. No está para juegos.

Catalina abandona la Fiscalía por el antiguo acceso y tiene que dar la vuelta, casi en su totalidad, hasta que encuentra a Lola que camina, nerviosa, a grandes zancadas. Catalina sigue pensando que a Lola no le hace ningún bien el cambio de actividad continuo en su vida. Ella abandonó su carrera de abogado tras un par de años de ejercerla en el Turno de Oficio. Su interés siempre estuvo en las antigüedades, en el arte y en los mercados de antigüedades que tan bien conoce. Y le va muy bien. No en vano compra y vende piezas que Catalina no sabría qué hacer con ellas una vez adquiridas. A Catalina, enemiga de la decoración profusa –ella es más de reducir a lo esencial toda presencia decorativa- minimalista. Menos es más, suele decir incluso en las instrucciones judiciales.

¡Lola!, la llama desde la esquina. Y esta se acerca a grandes zancadas. Se diría que algo la inquieta enormemente.

¿Qué te pasa que andas como si quisieras endurecer los glúteos?

No te lo vas a creer, Catalina. La caja…, el pequeño joyero… lo que dice Belén, mi amiga de las subastas…

¡Sí, ya me dijiste que lo habías llevado allí! ¿Qué pasa?

No te lo imaginas…

No, pero dímelo que me vas a contagiar a mi tu nervios.

Resulta que han abierto el joyero

¿Y?

Calla, mujer. No seas impaciente.

Pues resulta que al abrirlo han encontrado, tras quitarle el trozo de terciopelo que llevaba en el fondo, un trozo de papel que, al parecer, debe de llevar allí desde ni se sabe cuándo.

¿Y?, repite Catalina. ¿Me vas a decir, por fin, que es lo que pone o tengo que adivinarlo?

Verás. Es que es increíble. Es una hoja de papel manuscrito, con la letra escrita con tinta, posiblemente por una pluma estilográfica, en la que está recogido algo que no ha podido saber qué es lo que dice porque la grafía es gótica. Del tipo que se utilizaba en la Alemania nazi.

¿Y ese es todo el misterio?

No. Es que no está escrito en alemán, sino en algún otro idioma, posiblemente, según dice uno de los compañeros de Belén, sea checo, húngaro o, por el contrario, una mezcla de ambos para disimular lo que dice el texto.

Dice que en la antigua República Checoslovaca se hablaban hasta cuatro idiomas: alemán, húngaro, polaco y el rusino, además, claro del checo y el eslovaco que parecen lo mismo pero que, según el experto, son distintos y que bien podría tratarse, también, de alguno de ellos.

Me estás poniendo de los nervios, Lola. ¿Me vas a decir de una vez qué es lo que pone o qué han dicho los técnicos que tienes que hacer ahora?

Verás, ahí está la dificultad. Resulta que no está muy claro el idioma que es pero, según el experto, hay algunos giros que él mismo desconoce y que no podría decantarse por el idioma que es.

Pues llévalo a la embajada checa y allí te dirán qué pone. Me parece de un simple que no sé ni cómo no se te ha ocurrido a ti, con lo lista que eres.

Es que…

¿Qué pasa?

Es que quiero comentárselo, primero a José.

¿A qué José?

Al tuyo, coño, a quien va a ser.

Oye, oye… esa boquita señora letrada. Yo qué sé que tiene que ver José. A ver si te crees que José sabe checo, o rusino o como digas en qué idioma está escrito.

No es por eso, Lola. Cuando lleguemos a casa y lo lea podrás entenderlo. Si es cierto lo que pone allí, y parece que, por la antigüedad del papel y la caligrafía es fácil que lo sea, la nota habla de la *Operación Barbarroja*.

Claro, y también viene el plano del tesoro del pirata Barbarroja.

No, mujer. No seas bruta. La Operación Barbarroja, según me han dicho en la casa de subastas, fue un secreto que al final, por no se sabe bien qué rollo, acabó llevando a una traición al mismísimo Adolf Hitler. La Operación Barbarroja, según me han dicho, era el plan para invadir Rusia por parte del ejército alemán.

¡Arrea! A lo mejor lo escribió Tom Cruise con el ojo tapado por un parche.

No, imbécil. Esa peli era *Walkiria* y trataba de un atentado contra Hitler en su propia *Guarida del Lobo* para terminar, de una manera honrosa, la Segunda Guerra Mundial tras la derrota de Stalingrado y el avance ruso hacia Alemania. No tenía nada que ver con Barbarroja.

Claro, dice Catalina, me olvidaba que, tus otras pasiones, son el cine y la Historia. ¿No será que has alucinado con tus novelas?

No. Y aquí lo traigo, para que José lo lea y me diga qué hacer con ello. Lola le enseña la pequeña caja y el documento que habían encontrado dentro.

Pero si le enseñas ahora el cofre me habrás destripado tu regalo navideño y te recuerdo que aún queda una semana para la entrega de regalos.

¡Ay hija!, que agonías eres. Parece que tuvieras todavía cuatro años, cuando padre y madre nos hacían acostarnos como las gallinas después de dejar las tres copitas de licor y los dulces para los Reyes.

Bueno, dice Catalina. Al menos a mí no me dio por dejarles a los camellos aquellas zanahorias y la lechuga por el suelo como hacías tú. ¿O es que ya no te acuerdas?

Ambas rieron la ocurrencia y, caminando, llegaron enseguida hasta el aparcamiento de la Fiscalía donde tenía Catalina su coche. Es mejor que se lo demos esta noche, acordaron ambas. Así salimos de dudas.

CAPÍTULO 5. El contacto

¿Fräulein Pastrana?, preguntó una voz recia, rasposa, ruda, seguramente por la entonación alemana.
Yo misma. Dígame.
Le hablo de la embajada alemana en Madrid. Mi nombre es Hans de Münsterberg-Oels, agregado cultural en la embajada.
Encantada. Dígame que se le ofrece.
Verá, fräulein, hemos sido informados acerca de un documento que se ha presentado en cierta academia para su traducción.
Sí. Así ha sido. ¿Pero qué tiene que ver la embajada en este asunto?
Pues verá usted, fräulein. El personal que se ocupa de esa traducción necesitaría, para comprobar la autenticidad del documento, la presentación del original en el edificio de la embajada. Al parecer usted dejó una fotocopia del mismo y, según me comentan, es absolutamente necesario presentar el original para llevar a buen puerto la traducción. Tenga en cuenta que la grafía gótica ha sido abandonada y se precisa mucha experiencia para una traducción leal y honesta.
Pues no creo que sea posible, dijo Lola amoscada. La fotocopia, yo misma la realicé y comprobé que no faltase una sola coma del original, es suficientemente clara para que la traducción se realice con ella.
Verá, fräulein Pastrana. Es un problema de comprobación del original. Según me dicen los expertos grafólogos un examen microscópico

minucioso de la tinta y los pigmentos del papel, son precisos para datar con total y absoluta certeza que ese documento se trate, en suma, de un original y no de una copia alterada del mismo.

Verá usted, herr Münsterberg-Olé…

Es Oels, fräulein, dijo el agregado.

Es cierto, sonrió Lola. Ya sabe… nuestro acervo taurino me ha jugado una mala pasada. Señor Münsterberg-Oels, -corrigió- mi intención y mi petición era, tan solo, la traducción del documento; no la veracidad del mismo que ya ha sido realizada por la casa de subastas donde he consultado. No entiendo, ni creo que sea conveniente, exponer el documento a distintos análisis para una cuestión que excede de mi petición. ¿No le parece?

Verá usted, fraülein, mi gobierno me ha facultado para conocer de primera mano si su intención es subastar la caja con el documento o, en su lugar, este sin la caja o viceversa. Nuestro gobierno, más concretamente, el ministerio de Cultura del gobierno alemán, estaría interesado en tener, al menos, un derecho de tanteo; ya sabe usted, el Estado tiene preferencia sobre los demás siempre que se trate de adquirir bienes muebles para un museo, archivo o biblioteca de titularidad estatal y este es nuestro caso.

Ese, señor Münsterberg-Oels, podría ser el caso si el documento fuera alemán. No es el caso porque la titularidad del mismo parece ser checoslovaca y, además, y perdone si le contraría en algo mi opinión o la terquedad de mis actuaciones, primero quiero saber qué es lo que he adquirido, en segundo lugar evaluar su precio y, una vez conocido este, ver si lo vendo o, por el contrario, me lo quedo para mi íntima satisfacción. No todo lo que compra un amante de las antigüedades se vende después. Al menos en mi caso…

En fin, fräulein, le rogaría que tuviera en cuenta mi oferta antes que otras. Le aseguro que ambos quedaríamos satisfechos.

No lo dudo, herr Münsterberg-Oels. Por cierto permítame una pregunta tan solo: su apellido proviene del ducado del mismo nombre de Polonia, ¿verdad?

No, señorita. Mi apellido proviene, efectivamente, de ese ducado, pero no está en Polonia sino en Silesia, Alemania.

Qué raro, dijo, con una sonrisa que tan solo ella fue capaz de percibir. Yo pensé, por un momento, que era Polonia. No en vano Bolko II Ziebicki recibió Münsterberg en 1321 y fue el primero en presumir de un Ducado que se emitió para sí mismo aunque como duque de Ziebice.

Vaya, fräulein. Es usted toda una sorpresa. Me ha impresionado con su conocimiento de heráldica alemana…

Y polaca, no lo olvide, dijo al tiempo que colgaba el teléfono.

Lola sonrió y dio la espalda al teléfono mientras se dirigía a la ducha. Todas las noches, antes de dormir, tomaba una ducha caliente. Una ducha que, pensaba, le purificaba el cuerpo y le preparaba el alma para dormir plácidamente. Tras la ducha salió envuelta en su albornoz de lana blanca, con el escudo en el pecho del *Hotel du*

Palais, de Biarritz, regalo que había recibido, el año anterior, de Catalina en su viaje con Pizarro a París.

Ha elegido, para esperar al sueño, un libro que le está gustando mucho: *Tigre Ratón Fresa*. 60 cuentos zen para una vida más calmada, consciente y feliz, de Yuki Zenda. También ha puesto su lista de arias preferidas en *Spotify*. Suena *La sonámbula*, de Bellini. Canta con esa voz de seda María Callas *Come per me sereno.* El sueño llega enseguida y Lola cierra los ojos mientras, su cerebro, comienza a funcionar en sueños...

CAPÍTULO 6. Goebbels

Lída Baarová está asustada. El Füher, al terminar su taza de té le ha pedido que cambie de nacionalidad. Ella es checoslovaca y él pretende que pida el cambio a la nacionalidad alemana. Ella, para entonces, está aterrada pensando en los avatares que debió sufrir Ángela, la sobrina-amante del Führer hasta que apareció muerta. Suicidada o asesinada, que sería lo más probable. Ahora ya no pondría la mano en el fuego por ninguna de las dos circunstancias.
Usted, mi querida Lída debería cambiar de nacionalidad. Con ello en la *UFA* tendría muchas más probabilidades de triunfar y hacer una carrera meteórica, le dijo Hitler.
Pero *mein* Führer, yo soy checoslovaca. Mis padres son checos y húngaros. Además soy judía.
Hitler salta hacia atrás al conocer su procedencia judía. Rápidamente hace sonar una campanilla que reposaba sobre la mesa del salón y un coronel, su ordenanza, ofrece su mano a Lida Baarová que sale de forma precipitada. Sabe, en su fuero interno, que acaba de firmar, su carrera como actriz en Alemania. Eso si sólo se queda ahí.
Asustada se retira a su casa. Al llegar encuentra, al pie de la puerta de su apartamento, un hermoso ramo de flores. Son flores silvestres, pero de una belleza ornamental incomparable. Dentro del ramo una pequeña tarjeta blanca con el nombre de su admirador. Gustav Fröilich, un actor al que veneraba desde su más temprana adolescencia. Fröllich Le pide relaciones y Lída, que sabe de su

más que asentada carrera, ve el impulso para, al menos, no resultar una paria en la industria tras la negativa ofrecida a Hitler.

Enseguida se marcha a vivir con él a una mansión que el actor tenía en los alrededores del lago Wannsee. Lida le ha pedido a Fröilich que abandone a su mujer. Ella, dice, no está dispuesta a mantener una aventura compartida con nadie. Él se niega. Su esposa está por encima de toda relación. Estaba dispuesto a mantener una doble vida, entre su esposa y su amante pero, bajo ningún concepto está dispuesto a romper su matrimonio.

Gitta Alpar, su esposa, es una húngara amante de la ópera, era judía, como Lída; cantante y soprano en la Ópera húngara. Es hija del cantor de la sinagoga de Buda. Gitta y Fröilich tenían una hija, Julika a quien amaban por encima de todo el mundo. No podía, por tanto, poner el peligro su matrimonio y con él su relación con su pequeña Julika.

Lída, enfadada, salió del chalet y fue paseando en dirección al lago. Nunca podría sospechar que ese paseo cambiaría, por completo, su vida.

Tres chalets más allá de donde tenía su refugio con Fröilich ocupaba un chalet en alquiler uno de los más altos jerarcas del régimen: Josep Goebbels.

Ambos se habían conocido durante los Juegos Olímpicos de Berlín una tarde en Schawanenwerder, el opulento suburbio en el que, ahora, convivían ambos.

Mira por donde, a quién tenemos por vecina, le dijo Goebbels al descubrirla paseando por la acera de su casa.

¡Ah, herr Goebbels!, desconocía que tenía usted una casa en este barrio.

No es mía, dijo Goebbels, sino que el partido la pone a disposición de los distintos líderes para que podamos utilizarla cuando el stress se hace insufrible o el trabajo lo permite. Pero pase usted, por favor, al jardín. Si me permite la invitaré a un té helado.

Se lo agradezco, herr Goebbels.

Por favor, llámame Josep, es mi nombre de pila y, aunque no estoy muy orgulloso de él por su origen, es el único que tengo.

Ella sonrió, coqueta, haciendo un mohín y simulando una turbación que no existió en ningún momento. Al final, pensó, va a resultar que soy buena actuando.

Goebbels hizo gala de su fama de cazador de mujeres y, solícito y adulador, consiguió que ella se quedara a cenar. Lo que viniese después solo el azar lo sabría, le dijo, mientras ella bajaba la vista como una gacela a punto de perecer bajo las garras del cazador.

****

No puedo entenderlo, dice Lola.

¿El qué no puedes entender, Lola?, le pregunta Catalina

Cómo supo el agregado cultural que yo había estado en la embajada y que tenía aquel documento para traducirlo.

Pues muy sencillo, Lola, le respondió Pizarro. Es el agregado cultural, el documento habla de un acontecimiento del que podría depender uno de los secretos mejor guardados de Alemania y si te ha llamado por teléfono a tu móvil es porque se lo has dejado a los funcionarios de la embajada. Vamos… blanco y en botella.

Perdona José. Siempre hablo antes de pensar.

No tiene importancia, Lola. Además, deberías estar orgullosa. Si es cierto que se trata del documento que te han dicho en la casa de subastas, esta va a ser la primera de las muchas ofertas que vas a tener. Desde el gobierno alemán, al más conspicuo de los coleccionistas del mundo pasando por ultras patrios o foráneos, nazis y gente de todo pelaje y condición.

¿Pero esa Operación Barbarroja era tan importante, dijo Catalina?

Desde luego que sí, dijo Lola. He estado repasando lo referente a ello y aún no está claro quien fue la persona que traicionó al Führer. Siempre se pensó que podría haberse tratado de Reinhard Heydrich, director de la Gestapo y responsable de numerosos crímenes de guerra y uno de los más firmes defensores y artífice del Holocausto, el que habría filtrado a Stalin la Operación Barbarroja que, en secreto, pensaba que la URSS tras la Gran Purga, tenía una deficiencia de criterio en el alto mando ruso.

Otros estudiosos piensan que pudiera haber sido Friedrich-Werner Graf von der Schulengburg, embajador entonces, de Alemania en suelo ruso. El motivo para dar crédito a esta sospecha es que Hitler, ese mismo día envió una carta a Mussolini informándole de la inminencia de la invasión a Rusia. También, según otras fuentes, podría tratarse de Rudolf Hess, el *Stellvertreter des Führers* quien saltó en paracaídas en Escocia para tratar de llegar a un acuerdo con los británicos.

¿Hess?, pregunta Pizarro.

Sí, el propio lugarteniente de Hitler. Según se dijo pretendía lograr la paz a través de un acuerdo anglo-alemán para atacar Rusia.

¿Y?

Pues que, como no podía ser de otra forma, le metieron en la Torre de Londres hasta que acabó la guerra.

Y allí cantó, claro.

Eso se dice. Aunque no está muy claro.

No comprendo, Lola, con tu cabeza y con lo que te gusta la Historia, cómo estudiaste Derecho.

Ya ves, mi intransferible idiosincrasia.

Pero en cualquier caso no entiendo qué tiene que ver la caja que has comprado y el trozo de pergamino, o el papel ese que contenía.

Ahí está la madre del cordero, señor policía. Esa caja fue un regalo de Goebbels a Ludmila Babková. Esta, tras caer en desgracia, debió perderlo, olvidarlo o, lo que es más probable, haberla perdido tras robársela la Gestapo.

En cualquier caso, dijo Pizarro, habrá que ver qué es lo que aportan los traductores de la embajada y, con el texto claro, ver qué pasó en realidad.
Veremos si dicen algo porque, lo que es seguro, es que yo no les voy a entregar el original. De eso nada. Es más, Catalina, lo voy a guardar en tu caja fuerte. Así, si entran en mi casa no lo encontrarán.
No creo que lleguen a eso. En cualquier caso ya nos has traído la inquietud a la mesa en plenas Navidades.
¡Hija…!
Es broma, mujer. Mira a Pizarro, se le hacen los dedos huéspedes ante un misterio más que añadir a su lista de farolas, monjes y minas portuguesas.

CAPÍTULO 7. El Real Instituto Elcano

Lola sabe que la embajada no va a traducir el texto. Su interés, en todo caso, es tenerlo entre sus manos. Seguramente para conocer si es original o una copia, pero ella no quiere arriesgarse a que le den el cambiazo y, por lo tanto, ha decidido olvidarse de ello. Pizarro le ha pasado el contacto con un investigador senior del Real Instituto Elcano. Lola ha aparcado el coche en Príncipe de Vergara. Ahora, piensa, con esto de poder colocar el ticket de la hora da gusto. Siempre hay sitio. Camina despacio; lleva una copia del documento y fotografías de la caja. Entra en el bello palacete donde trabajan los técnicos del Real Instituto y pregunta por Arno Bartusek, el investigador senior al que ha hablado Pizarro. El señor Bartusek recibe muy atentamente a Lola. Le ayuda a pasar por el arco de seguridad y se dirigen a su despacho. Le ofrece un café de una pequeña cafetera de cápsulas y se sientan en los dos sillones de confidente que hay al otro lado de la mesa.

Y bien, Lola. Me ha dicho José que eres la hermana de Catalina. ¿Tú también estás en el mundo del Derecho?

No, por favor. Estudié Derecho, sí. Pero me aburrió muchísimo. Me gustaba especialmente el arte. Todo él, y en especial la Historia. Me decanté por la de su país. Me dijo José que usted era alemán, ¿no es cierto?

Bien. Lo eran mis padres, sí. Pero yo nací en Navarra.

Pero su apellido no es alemán, ¿no es cierto?, sino checo.

Así es. Mi abuelo nació en Telč, un pequeño pueblo cercano a la frontera con Moravia.

¡No me lo puedo creer!, grita Lola. Lo conozco. Sus fachadas centenarias de distintos colores. Es el pueblo renacentista por excelencia. Lo visité cuando hice el Erasmus. Recuerdo haber permanecido varios días visitándolo. Navegando por sus dos estanques. Tiene un centro histórico único…

Así es. Ahora, según leí en la prensa, lo han hecho Patrimonio de la Humanidad.

Hummmm. No creo que le haga bien. A partir de ahora se llenará de turistas.

No creo que le haga mucho daño el turismo a la economía checa. Más bien todo lo contrario. Pero qué pequeño es el mundo, ¿verdad que sí?

Ya lo creo.

Pues bien, Lola. Tú dirás que puedo hacer por ti. Me ha dicho Pizarro que me traes un encargo medio secreto, que nadie más puede saberlo y, como buen policía, me ha puesto en un brete. Aquí, en el Real Instituto Elcano si hay algo que nos sobra son sobresaltos. Ya sabes, hoy explota una guerra en Oriente; mañana en Centroeuropa y, pasado, se mueven las fronteras entre las dos Coreas.

Espero que mi petición no provoque ningún tipo de incidente entre naciones. Se trata de algo mucho más sencillo. Hay que traducir un documento escrito, posiblemente, en alemán. Escrito, eso sí, con caracteres góticos que hoy están en desuso.

Pero, lo peor es que podrían estar utilizando términos de otro de los cuatro idiomas checoslovacos: el húngaro, el polaco o el rusino.

No hay problema. Todos esos idiomas se hablan aquí, entre los distintos investigadores. Además, contamos con un grupo extenso de colaboradores de todo el orbe. Tendrías que ver cómo es una reunión hasta que llegamos al sempiterno inglés.

No obstante, dice Lola, le tengo que decir una cosa, y es en lo referente al secreto que le ha comentado Pizarro. El documento a traducir podría contar un hecho que, al día de hoy, sigue sin aclararse acerca de una posible traición a Hitler y al Reich

¿Barbarroja…?

En efecto. ¿Cómo lo ha supuesto?

Verá, no lo he supuesto. He sido avisado, desde la embajada alemana, de la presencia de un documento comprometedor para la legación alemana.

¿Comprometedor para la embajada un documento de hace casi un centenar de años?

Aunque no lo crea todo lo relativo al III Reich sigue siendo tabú. No solo para Alemania, sino para el resto de países de la Unión. Los partidos ultra están experimentando un auge en toda la Unión Europea y nada, por ahora, parece que los pueda parar. Este documento lo único que haría sería darles alas al demostrar que había una especie de *conchabeo* entre Rusia e Inglaterra contra los intereses de las demás democracias y, especialmente, contra Alemania. De ahí que tengamos que tratar este asunto con especial cuidado.

No doy crédito a lo que me dice, responde Lola. Yo, lo único que pretendo, es certificar que el documento pertenece a esa época y saber si, en realidad, trata sobre Barbarroja o, por el contrario, es un bulo más de los muchos que han rodeado a la muerte de Hitler y la resolución de la segunda gran guerra.

Es posible, no sé si lo ha pensado tranquilamente, que el documento hable sobre ello. Que en él se relate incluso cómo se llevó a cabo el engaño o si es cierto o no que hubo un complot para engañar a Hitler o para debilitarlo de cara a su asalto a Rusia, pero lo que sí es seguro es que, una vez traducido y visto si esto es así, lo siguiente será comprobar, con los trabajos de laboratorio, la antigüedad del documento, su veracidad y, especialmente, si una vez hecho los análisis correspondientes, el tipo de papel, la tinta y otras circunstancias, podrían arrojar luz sobre la verosimilitud de lo expuesto y la veracidad del documento como histórico.

Ya he pensado en ello, pero lo que me ha asustado es la intervención del agregado cultural de la embajada. Si creemos todo lo que leemos en las novelas, y algo de ello debe de haber para que todos los escritores, usen este dato, casi todos los trabajadores de las embajadas son, de una forma u otra, agentes del servicio secreto, miembros de las distintas policías o militares encubiertos.

¿Quién me dice a mí que si le entrego el documento no me van a dar el cambiazo o, por qué no, darlo como falso cuando es real?

Eso demuestra, Lola, lo que me dijo Pizarro. Que es usted una chica muy despierta y con la suficiente cabeza como para cuidar de sí misma. Yo le ofrezco nuestro laboratorio y la seguridad de que el documento va a estar, en todo momento, a su vista. Podemos manipularlo mientras usted lo observa todo a través de una videoconferencia. Nuestro laboratorio emite, en abierto y a todos los Reales Institutos como el nuestro del resto de Europa, cada una de sus intervenciones. De estas aprendemos todos y nos beneficiamos. Si algo funciona en la Unión Europea, como debería de ser, es nuestro grupo de estudio e investigación.
Le aseguro que nuestros investigadores son, primero, estudiosos en sus campos de actuación y, después, ciudadanos europeos. Ni están por la labor política ni, por ahora, ha habido ningún caso de interés superior al científico.

****

Lola ha salido del Real Instituto Elcano convencida de que sus laboratorios son óptimos para valorar el documento. A fin de cuentas, dice, habrá que fiarse de alguien.
Llega hasta su coche. ¡Vaya!, se le ha pasado la hora de retirar el coche y tiene una multa. Va al poste de adquisición de permisos y paga la multa por su importe reducido. No es que le haga gracia pagar las multas pero, al menos, ha podido aparcar y eso antes era una quimera.

Arranca el coche y se mete en el tráfago de un Madrid prenavideño. La gente, pese a los Black Fridays y otras bobadas que se compran por Internet sigue prefiriendo ver sus regalos *en directo*. Los coches paran en doble fila con un descaro que pasma. Algunos, los más, bajan tranquilamente y, mientras hacen sus compras, vigilan desde el escaparate que no se lleve la grúa su coche. Alguno va a pasar una Navidad a cara de perro. Ha pasado el automóvil municipal que lleva un escáner sobre adosado a la carrocería grabando las matrículas de estos desahogados.

Llega, por fin, a su apartamento. Lola vive en la calle de Max Aub, junto a la Dirección de la Guardia Civil de Guzmán el Bueno, al final de Cuatro Caminos. Esta calle está muy próxima a Moncloa y no muy lejos de los Teatros del Canal y Vallehermoso, donde Lola practica deporte a diario. Va a entrar en el portal y espera a que salga un hombre grande. Casi dos metros de persona. Pelo rubio y musculado. Cualquiera diría que es un luchador de esos que se han puesto de moda, el tal Topuria. Lola, pese a ser muy deportista, no está puesta al día en la moda de los deportes de riesgo.

Sube en el ascensor y entra en su casa. Suelta el bolso en el mueblecito que, pegado a la pared, sostiene una bandeja para las llaves, una pequeña lámpara y un marco con una foto de Lola con el uniforme del colegio. Algo no funciona, se dice…

La funda de la almohada aparece al aire, sin tapar por la colcha. Cosa que, para una *enferma* del orden a la hora de hacer la cama es imposible que le hubiera pasado por alto. Va al baño y observa la repisa donde guarda sus efectos personales. Está todo en su sitio. Abre el cajón donde guarda peines y cepillos. Todo está igual, pero algo no está bien. Tarda en encontrar lo que chirriaba… El cuadro que Aguado Arnal había pintado al óleo a su madre estaba torcido. Era apenas perceptible, pero estaba movido.

Llama a Pizarro y este le pide que no abra la puerta a nadie hasta que llegue él. En menos de diez minutos Pizarro está tocando la puerta. Lo hace pulsando el timbre dos veces seguidas y luego una sola. Es la clave que usan tanto Lola como Catalina y él mismo.

Cuando abre Lola está llorando.

Estate tranquila. No ha pasado nada. ¿Se han llevado algo?

No. No tengo nada que se puedan llevar.

Entonces, ¿para qué han entrado?, para hacerse un *selfie* y ponerlo en TikTok? Aún no eres tan famosa. Espérate a que se verifique lo de Barbarroja y te vendrán hasta los de *Informe Semanal*.

No bromees, José. No es por lo que se pudieran haber llevado. Es por la sensación de inseguridad que se me queda ahora. La casa estaba bien cerrada y, así y todo, han entrado. ¿Quién dice que no hagan otro tanto cuando yo esté dentro?

Llama a tu hermana. Nos vamos a su apartamento al menos por esta noche.

No, José. No quiero molestaros.

Tú no molestas, cariño. Además, ya es hora de que yo vuelva a mi casa. Igual voy esta noche y me la encuentro llena de *okupas*.
¿Crees que habrá sido por el documento de Barbarroja?
Eso me temo.

CAPÍTULO 8. Joseph Goebbels y la vida alegre

¿Pero qué me estás diciendo, Lída? ¿Con Goebbels? Si es cojo, por el amor de Dios. Goebbels es un enfermo mental, un recorte de la maternidad. ¿Qué puede atraerte de un ser así?
Su voz, *liebling*. Su voz parece entrar en mí. Siento, cuando le veo, que una luz zumba en mi espalda, es como si sus palabras intentaran frotar ligeramente mi cuerpo.
¿Te ha dado algo a beber, Lída? No te reconozco. La voz de Goebbels, el engendro del Führer… Lo que hay que oír.
Mañana voy a navegar con él, *schatz*. Me ha invitado a pasar el día a bordo del *Baldur*, su yate. Tiene conmigo detalles que nunca pudiste darme, Gustav. Como cuando en Nuremberg me prometió que tocaría su cara con un pañuelo, en pleno discurso, como muestra de su amor por mí.
¡Por favor…!
Pero no es solo mi amor por Joseph lo que me aleja de ti, *geliebten*. He recibido un cable de Hollywood. Más concretamente de Robert Taylor. Me ofrece un contrato de siete años de duración con la *Metro*. ¿Me escuchas? ¡Nada menos que la *Metro Goldwyng Mayer*! Es mi momento, Gustav. Y pienso aprovecharlo. Lo nuestro, nunca fue, además, un matrimonio. Te negaste a abandonar a tu mujer y a tu hija. Es el momento de elegir, ellas o yo.
No puedes pedirme eso. Sabes que nunca abandonaría a mi mujer o a Julika.
Entonces, *darling*, hasta aquí hemos llegado.

Lída abandonó la casa sin volver la vista atrás. Su otra casa, ahora, estaba a tan solo tres edificios más allá, junta al lago. La casa de Goebbels.
Ya está, *mein leben*. Lo he dejado con Fröhlich. Ya soy toda tuya.
Goebbels, el maestro en la caza de tiernas piezas ha vuelto a hacerlo. Ahora todo depende del tiempo en que disfrute con ella. Se vuelven a Berlín. Lída está entusiasmada. Cada día la pasea con la limusina alrededor del lago Lanke, a las afueras de Berlín. Hacen el amor en el coche que tiene una pantalla oscura para evitar las miradas por el retrovisor del chófer. Beben *coñac Hennessy* otro de los placeres públicos del jerarca nazi.
Nunca tendré en mi vida un amor por una mujer como el que siento por ti, le dice mientras besuquea y lame los lóbulos de sus orejas.
Tras hacer el amor Lída le pide que le cuente anécdotas del Führer.
¿Por qué quieres saber cosas de ese alfeñique?, le dice Goebbels. Siempre te digo lo mismo, es un lerdo. Un cabo venido a más. Ahora le ha dado por pintar. Se conoce que echa de menos la brocha gorda de sus tiempos jóvenes.
Lída se ríe a carcajadas. Goebbels, metido en tragos y en brazos de su amante llega incluso a expresar dudas sobre su ideología, su compromiso y su capacidad.
Lo que no sabe Goebbels es que Lída, en su fuero interno, no es actriz, sino guionista. Ella ama escribir. En la soledad de su nuevo apartamento, que el jerarca nazi le paga, cada noche, al abandonar el lecho para volver a la cama fría y

desabrida de Magda, su engañada esposa, Lída toma nota de todo aquello que va conociendo del entorno de Hitler y su estado mayor.

Ella, temerosa de que un día lo descubra, tiene a buen recaudo esas páginas. Algún día, si las tornas cambian, bien podría ser un relato que tenga un valor suficiente como para que se pueda retirar del espectáculo. Lída siempre amó una vida laxa, tranquila, retirada en el campo y rodeada de sus recuerdos cinematográficos. Esta vida la iba a conseguir, desde luego, con la venta de sus memorias. Hasta tenía título: Mi vida con Goebbels. No era muy original, es cierto, pero el citar al monstruo en la portada aseguraba millares de libros vendidos y eso, se decía, no era sino regalías para mí, como autora.

****

Fröhlich no deja de ser un hombre. Un hombre herido en su machismo, en su estructura "alfa" y medita cómo vengarse de Lída. Una tarde, decide seguir a la pareja que viaja en su limusina en dirección al lago. Lleva días siguiéndoles y sabe que, tras dar vueltas alrededor del lago paran por espacio de media hora, seguramente, y conociendo el carácter bebedor de Goebbels, para emborracharla y seguir seduciéndola una vez perdida su voluntad. Fröhlich sigue pensando que Lída ha sido seducida con engaños y contra su voluntad. Sigue sin hacerse a la idea de que él ha sido reemplazado por amor, sí; pero también por el interés de una carrera brillante y un día a día de poder y lujo.

Fröhlich se acerca al auto. Lo hace agachado para evitar ser descubierto. Mira por una de las ventanillas pero no puede ver nada. Los cristales están tintados y no hay forma de descubrir qué sucede dentro del coche. Irritado y preso de celos abre, de forma abrupta, la puerta del vehículo y encuentra a Lída, desnuda, sentada a horcajadas sobre el *Reichminister*. El asombro pintado en sus caras y el odio en la de Fröhlich se resuelve con un puñetazo en el rostro de Goebbels al que se le cae el ridículo monóculo de oro. Lída grita y el chófer, una vez repuesto de la sorpresa, sale del vehículo y agarra por la espalda al celoso amante. Lo detiene y pide a Goebbels que le diga qué hace con él. Lída teme que le mate allí mismo y suplica a su nuevo amante que le olvide.

No hay pena más justa y dolor más grande que el que nos vea, cada día, pasear y amarnos como lo hacemos ahora, le dice.

Goebbels le concede a su amante el perdón que suplica para su agresor pero, le dice, eso no lo va a olvidar.

Efectivamente. Goebbels ha cumplido su amenaza. Una amenaza que, como se suele decir, ha servido fría y escrupulosamente. Le cita en su despacho y le entrega la orden de retirada de su exención para el servicio militar, que le había concedido mientras mantenía su amor con Lída en secreto. Fröhlich es enviado al frente donde, pese a lo que Goebbels deseaba, pudo llegar al fin de la guerra sin perder la vida.

A partir de esta escena empezó a perder su interés por Lída. No porque se hubiera aburrido de ella, en absoluto. Goebbels era capaz de mantener una esposa, una amante y distintas citas con infinidad de mujeres. A fin de cuentas era *vox populi* en la Cancillería su desaforado afán por las infidelidades. Lída Baarová escribe en su libro de anécdotas que Goebbels ha perdido su humor. Cada día tiene continuos cambios de humor. ¿Estará entrando en la fase entre la manía y la depresión?, se pregunta Lída. Ella está tratada, como su hermana y su madre, de una enfermedad similar, a la que llaman ciclotimia o bipolaridad y aunque Lída nunca lo padeció se pregunta si podría tratarse de una enfermedad hereditaria.

Hoy se ha presentado en el apartamento de Lída. Viene de buen humor. Le relata que Hitler ha decidido invadir la Unión Soviética. Está convencido, nuestro Napoleón de andar por casa, que es el momento de darle el golpe mortal al comunismo. Lída aprovecha para preguntar todo lo posible sobre cuándo y cómo sería esa invasión.

¿Tú crees que con el cabo hay planes seguros? Hoy puede ser esto y mañana, dependiendo de la noche que le haya dado Eva Braun.

Goebbels se sienta a cenar en la mesa que le ha preparado Lída. Candelabros con velas rojas, un mantel blanco de hilo precioso, pétalos de rosa en una preciosa bandeja de porcelana y dos platos con sus cubiertos de plata a cada lado. Las dos copas para el vino blanco y el tinto. Un *liebfraumilch*, que Lída ha puesto a enfriar y que le presenta, sonriendo, ya que *liebfraumilch* significa, textualmente, *leche de la señora amada*. Goebbels, entiende que esto es un mensaje subliminal y saca uno de los pechos de Lída y lo succiona, con deleite, imitando la lactancia de un bebé. Lída ríe de forma escandalosa. Cualquiera que los viera dudaría de la capacidad intelectual del *reichminister*.

Al terminar la cena, unos canapés de *Edelpilzkäse* el queso azul que se elabora combinando leche de vaca con esporas de *Penicillium* untado ligeramente sobre un *brioche* esponjoso coronado con nueces y pasas. Después un *eisbein*, el tradicional codillo acompañado de carne asada, patatas y *chucrut*, la col fermentada que tanto gusta al *Reichminister* y, de postre, como no podía ser menos una *apelstrudel*. Goebbels está cebado como una grasienta oca por Pascua. Se encuentra contento, feliz. A fin de cuentas todo le sonríe y, por si fuera poco, un nuevo encuentro en la cama con Lída culminará una noche inolvidable.

Antes de retirarse a la habitación pone un poco de música en el gramófono. Goebbels no ama la música. Es una fiera y, pese a lo que digan, no le logra amansar ningún tipo de música. Pero sí, hoy quiere escuchar música mientras le hace un regalo a Lída, su amante favorita: una pulsera de oro. Lída se entusiasmó y le colmó de besos y de abrazos. Estaba exultante y la noche se prolongó hasta bien amanecido el día siguiente.

Lída, tras marchar Goebbels al ministerio, salió como alma que lleva el diablo en dirección al café donde había quedado con sus nuevas amigas, del círculo político del *Reichminister*. Todas admiraron la joya con la que Goebbels le había agradecido sus atenciones. Todas lo admiraron pero, en su fuero interno, se preguntaban qué pensaría Magda, la esposa de Goebbels ya que, la joya, era igual a otra que el amante le había regalado a su esposa. La misma joya y de la misma joyería. Esto, para una mujer, aunque no sea celosa, es una puñalada por la espalda.

CAPÍTULO 9. La banda del Mirlitón

Pizarro ha acompañado a Lola hasta el apartamento de Catalina en la Torre de Madrid. Lo ha hecho en cuanto supo, por Lola, que habían tratado de entrar manipulando la cerradura. Ha subido dándole protección y están esperando al *Lupas*. Esteban Collantes, alias Lupas es un espadista retirado. En la jerga de la policía el espadista es el ladrón que lleva una *espada, un* instrumento curvo y puntiagudo en uno de sus extremos, que se emplea para abrir una cerradura en sustitución de la llave. Esteban, ahora que se ha reformado y convertido en una monja bernarda, al decir de Pizarro, se dedica, como no podía ser menos, a reparar cerraduras, reparar daños en las puertas causados por otros ladrones y, al paso, ejerce también de copiador de llaves en el *Alcampo* de Príncipe de Vergara

¿Qué te parece, Lupas?

Esto, madero, no lo ha hecho un primerizo. Esto tiene ciencia.

Pero no lo ha hecho un hombre araña, ¿verdad?

No, hombre. Esto es un curro a florete. Como Dios manda. Nada de trepar, que eso es para *espidermanes* y bobos de esos del internet. Esta entrada la ha hecho un profesional de la espada.

¿Ha faltado algo importante?

No, dice Pizarro, En absoluto. Y ahí está lo raro. Si lo hubiera llevado a cabo alguien que acaba de salir del *maco* se habría llevado hasta el cepillo de dientes, pero no falta nada

Esto, madero, ya te digo que es de algún cátedro de la espada. Si no se han llevado nada es que lo que buscaban no lo han encontrado. ¿Qué es lo que buscaban?

Es no te conviene saberlo, Lupas. Es por tu salud. No quiero que mañana aparezcas enganchado de un dedo del torno donde copias las llaves. Mejor no saber nada.

Punto en boca, entonces. ¿Puedo darme un alivio en el Whisky-Charlie?

¿No puedes decir el WC o el retrete, como hace todo el mundo?

Ya sabes, jefe. A uno se le pega la jerga como la tisis a los pobres.

Bueno, pero cuando vuelvas tenme preparados un par de artistas que podrían haber hecho el desaguisado.

Cuando el Lupas vuelve del baño trae un par de nombres.

No creo que hayan sido estos, jefe. No están dentro del nivel que pide esta entrada. Llevaban guantes. No hay ni una huella en el marco de acero de la cerradura; no hay limaduras, ni roces que siempre deja la espada y, por no haber, no hay ni un elemento de la decoración fuera de su sitio. Esto lo ha hecho algún profesional, desde luego, pero no de mi nivel o del nivel en el que yo me muevo.

Es lo que me imaginaba.

He conectado con dos *ganguistas* y su *perista* de cabecera del Rastro. Ni fú, ni fá. No ha habido ningún movimiento destacable en la oferta y la demanda de los alrededores de la plaza de

Cascorro. Ni de la de Cascorro ni de la de la Plaza del Campillo.

Entonces, debemos mirar en alguien de fuera de nuestro ámbito, ¿no?

Yo creo que sí. Ya sabes que hay barandas que tienen su propio ejército y que están a sueldo y solo trabajan para ellos. Son gente de *jayeres* a los que un sueldo fijo para tener al mago en cartera le resbala. Lo mismo tiene espadistas, que *aguadores* que un par de *maderos* a sueldo. Cuando sueltan la *lana* se les abre el Mar Muerto para que Moisés pueda pasar con su ejército sin problemas.

Da gusto hablar contigo, Lupas. Eres el rey del lenguaje sobreentendido.

****

Pizarro se despide de El Lupas y se marcha a tomar el aperitivo a la taberna de Ángel Sierra, en la calle Gravina. La taberna está asentada en lo mejorcito de Chueca. Allí, pasado el tiempo en que el barrio estaba lleno de lo más selecto de la séptima galería de Carabanchel, ahora está pleno de sexos alternativos. Pizarro ha quedado con el *Sankris*, un *prenda* que selecciona sus *business* en el legendario *Bar Vietnam*, en pleno San Cristóbal de los Ángeles, entre ración y ración de bravas.

¿Passssa, *Sankris*?

¿Passssa, jefe?

Este saludo y su posterior contestación son asimilados e interiorizados tanto por el policía como por el delincuente. Cualquier otra frase o cualquier otro tipo de saludo habría dado que sospechar a uno y a otro.

¿Cómo va el lío?

Aquí, jefe. Viendo la vida pasar. No me busques que estoy limpio.

Y yo fuera del lío, *Sankris*. Ya no pulo la placa.

Ya me lo dijeron. No me lo podía creer. El Pizarro se ha dado el *dos* de la madera y se ha metido en lo privado.

¿Y qué te parece?

Ah, *mú* bien. Si lo hace la Ayuso en los coles y en el *Doce de Octubre*, por qué no va a hacerlo Pizarro. Vamos digo yo...

Eso es lo que yo pensé. El caso *Sankris*, es que necesito de ti. Bueno, de ti o de quien tu designes. Es para echar un ojo en una dirección.

¿Echar el ojo o informar de algo?

¡Hombre, Sankris!, para echar el ojo vale cualquiera. Lo mollar es lo otro, el informe.

Ya decía yo. Es que tengo un plar de *clisos* que son *dabuten* pero *aluego pa* dar el *queo*, no me valen.

Ves cómo nos entendemos.

¿A que sí, jefe? Si hicieran lo mismo los de Las Cortes otro gallo nos cantaría.

Bueno, *Sankris*, que no he venido aquí para hablar de político. ¿Cómo lo hacemos?

Dime qué es lo que quieres y yo veré si te puedo mandar al *Ninchi* para que te haga un resumen guapo de lo que sea.

Cada día está más duro esto de seguir la nomenclatura *cani*. ¿Se puede saber por qué le decís el *Ninchi* al pavo?

Eso no entra dentro del precio del informe, jefe.

Vale, vale…

Dame instrucciones.

Verás, se trata de hacer una planta frente a la embajada de Alemania, en la calle Fortuny, cerca de la Castellana. En ella trabaja, o hace faenas a uno de sus *barandas* un guapo alto, de casi dos metros, pelo rubio, y cachas como el Topuria ese de los guantazos. Quiero saber quién es, donde vive y por donde se mueve.

Y quién es el baranda, claro

No. A ese le he puesto etiqueta ya. Solo al lacayo. Quiero echármelo a la cara y ver si es tan guapo como dicen.

Ojo, jefe, que esta gente que trabaja para esos tipos son profesionales. Esos no son el *Ninchi* o el *Dientes*, aquí mi colega, dice señalando a un tipejo delgado, casi escuchimizado al que le falta toda la *piñota*.

¿Y este es el Dientes? Si parece una gallina.

A ver, Dientes, enséñale al jefe la piñota que te he *comprao*.

El Dientes entonces saca el pañuelo. Un moquero que ha conocido tiempos mejores. Y de dentro del gurruño del moquero saca una dentadura postiza, de dientes excesivamente grandes para la boca del Dientes y este se la ajusta y sonría a Pizarro.

¿Qué…? ¿A que parece otro?

No me extraña, *Sankris*, que te sean leales y serviciales. Tratándoles tan de puta madre, no me extraña que te sean fieles.

Es lo que tiene la empresa, jefe. Que hay que invertir en los trabajadores. Ya lo decía el Marcelino cuando le sacaron del *trullo*.

Pizarro sale del bar Vietnam y coge un taxi. Si tiene tiempo quiere pasarse por la Plaza Mayor. Hace tiempo que no se toma una manzanilla en la *Torre del Oro*, el bar taurino por excelencia de la Plaza. Allí, junto con su copita de Manzanilla, siempre le acompañan su vino con una taza de caldo del cocido que levanta el ánimo hasta la hora de comer. Eso y algún que otro aperitivo que siempre cae. Quiero hablar, además, con el *Mixtos*, un ex cerillero que ahora, con esto de la manía que nos ha entrado a todos con no fumar, ha tenido que cambiar de negociado. Ahora se dedica al pase de información sobre objetivos a robar. Dentro "de lo suyo" el *Mixtos* es una autoridad. No hay imagen románica, cáliz de oro, pintura gótica, que no pase por su puesto de información. Él nunca toca la mercancía, se limita a darle el pase de un vendedor a un comprador. Algo como lo que hacía Lara, el editor, cuando llego a Barcelona con La Vanguardia.

Si alguien pretende hacerse con el documento que obra en poder de Lola no puede llevarse a cabo sin que el *Mixtos* lo lleve en su "*muestrario*".

CAPÍTULO 10. Magda Goebbels se enfada

Magda Goebbels es una mujer resuelta. Una no llega a ser la segunda dama del Reich si no tiene que tragarse algún que otro sapo, se dice. Ella sabe que su marido es un picaflor, un machito que disfruta en cama ajena. Mientras todo transcurra por esos cauces, se dice, no hay peligro. Lo importante es que, al final del día, el guerrero repose en nuestra cama.

Pero esta vez es distinto. Esta vez Goebbels está embravecido. Seguramente en su último escarceo amoroso, Lída le ha presionado y él, envalentonado, ha echado su cuarto a espadas.

He pensado, Magda, que ya no me atraes sexualmente. Es cierto, dice, que te respeto como madre y como esposa pero ya no disfruto contigo. Por ello te pido que nos divorciemos.

Vamos a ver, Joseph, llevo toda la vida tapando tu doble vida. ¿Crees acaso que no soy consciente de tus líos amorosos de cama en cama? Por Dios, Joseph, eres el hazmerreír del Reich. Tú eres el Ministro de Propaganda pero esa propaganda dice de ti que eres como el gallo, dominas el gallinero pero subes y bajas de las gallinas y ahí se acaba todo. La gente se burla de ti porque no haces disfrutar a tus gallinitas.

Pero vamos a solucionar esto de una vez. Si quieres que todo cambie estoy dispuesta. Salvo en una cosa; tú puedes hacer tu vida como quieras pero con una condición, nunca, jamás, deberás embarazar a ninguna otra. Tus hijos solo serán mis hijos. Yo soy la madre de tus hijos, y nadie más. Lo que hagas fuera de esta casa es tu problema.

Joseph Goebbels ha llamado, eufórico a Lída Baarová, para comunicarle que Magda está conforme con esa doble vida. Que él se va a separar de ella y que ha aceptado la situación.

Lída le premia con una de sus cenas esa noche. Goebbels le ha regalado una pulsera de brillantes con un rubí pulido en el que aparece una cruz gamada. Este regalo, sin que ellos lo sepan, será el que pondrá punto final a esta relación.

Magda estaba dispuesta a compartir su marido con su amante, lo entendía porque ella era joven, actriz y era deseada hasta por el propio Führer. Pero ella no podía con los celos y el dolor de ser la comidilla de todas las conversaciones en las reuniones del más alto nivel del Reich.

¡Eso es!, gritó sin poder contenerse. Ahí va a estar la solución a este problema. Adolf me escuchará y pondrá punto y final a esta situación. Dicho y hecho. Magda llama al Führer y este la recibe en el *pabellón Kehistein*. Magda es trasladada por el coronel-asistente hasta las habitaciones privadas de Hitler.

Pasa, querida. Estaba ansioso por recibirte. Sabes que eres, además de la esposa de mi más director colaborador, la mujer que siempre me hubiera gustado encontrar. Esposa fiel, madre amorosa y siempre dispuesta a servir al Reich. ¿Qué es lo que querías contarme de Goebbels?

Mein Führer, dice melosa, usted mejor que nadie sabe cuánto y desde cuándo me he volcado al servicio de nuestra Patria. Joseph ha sido, bien lo sabe usted y todo el Reich, un hombre sin honor en lo referente a su matrimonio. Yo misma y mis hijos nos hemos sentido tratados como mercancía sin importarle lo que digan los demás miembros del Partido, en especial, hacerlo sin contar con usted, *mein Führer*, poniéndolo a usted en ridículo al ser su más directo colaborador.

Magda Goebbels maneja perfectamente sus cartas. Sabe que implicando en el escándalo la opinión del partido contra él, es una carta a su favor: un triunfo en su mano.

Hitler pasea con pasitos cortos alrededor del sofá en el que está sentada Magda tomando su taza de té y relatando los desprecios que Goebbels lleva haciéndola desde tiempos inmemoriales. Hitler se muestra comprensivo y rehúsa, como una causa de todo punto imposible, el divorcio de su edecán. Tú, Magda, debes permanecer junto a él en todo momento. El divorcio no es una opción. Os debéis a Alemania y al Partido. No estaría bien visto que el número dos del Partido, mi principal colaborador diera la espantada con una jovencita. Yo hablaré con él y le obligaré a dejar a esa joven y a que vuelva a tu casa como el primer día.

Muchas gracias, *mein Führer*. Tanto mi familia como yo misma, y seguro que toda Alemania, cantará un día las virtudes inigualables de su líder máximo. Heil Hitler, gritó en pie, levantando el brazo derecho.

Hitler, por no decir aquello de Heil yo, tan solo estiró el brazo con desgana. Hizo sonar la campanilla y despidió con un beso en su mano derecha a Magda. Cuando salía por la puerta Adolf

Hitler pensó que muy bien podría definir la Historia esta imagen como aquello otro del Génesis: *Sed fecundos y multiplicaos; llenad la tierra y sometedla.* Es cierto, pensó divertido, que Goebbels no estaba ya para mucha multiplicación y llenar la Tierra de hijos pero sí para someterla.

CAPÍTULO 11. La embajada alemana

Lola recibe en su teléfono una llamada de número oculto. En principio pensó que no debía contestar. No solía hacerlo cuando el que llamaba no se identificaba. Pero estaba esperando noticias del Real Instituto Elcano y podrían ser ellos. No lo eran.

¿*Fraulein* Lola Pastrana?

Efectivamente. No se ha equivocado al marcar. Espero que tampoco lo haya hecho llamándome. Dígame, ordenó a su interlocutor con rabia.

No esté a la defensiva, *fraulein*. Soy Hans de Münsterberg-Oels, de la embajada de Alemania.

Le recuerdo. ¿Qué es lo que quiere?

Quisiera, en primer lugar, disculparme si le he molestado llamándola o le molesté en mi primera visita.

Me molesta su insistencia, no su llamada, ni su pretendida amabilidad. Ya le dije en nuestra anterior conversación que no pensaba cederle el documento, ni tan siquiera, dejárselo ver. Usted se acercó a mí con un interés opaco y no puedo olvidarlo.

Nada más alejado de la verdad. Se lo confieso *fraülein*. La llamo para poner a su disposición, nuevamente, toda la experiencia de nuestra embajada. Sabemos que ha llevado el documento a comprobar a cierto Instituto, un *think-tank* de una fundación privada. Un laboratorio de ideas, como usted bien sabe, político. Nada que ver con la Historia o con la Investigación Histórica. Ese documento, si es el que pensamos, atañe a un período de la historia de Alemania. Y es parte de nuestra Historia. Usted no puede donar ese documento a un organismo de un país ajeno al que hace referencia el documento. Y ese país es Alemania, señorita.

Eso, señor agregado, si es cierto que el documento habla sobre lo que usted piensa que habla pero… ¿Y si no es cierto?

Si no es cierto, *fraülein*, como dicen ustedes, los españoles, aquí paz y despúes gloria. Cada uno por su lado.

Mire usted, señor agregado. Cada uno por su lado, no. Ayer mismo han violado mi intimidad, han entrado en mi casa, en un comportamiento más propio de un ratero infame que el de una persona que haya recibido las más elementales normas de diplomacia y educación. Ustedes continúan siendo los mismos nazis que robaron, mataron y violaron cualquier acuerdo, cualquier país y a cualquier persona. No quiero saber nada de usted, ni de su país, ni de nadie más que tenga que ver con ustedes.

Pues, *fraülein*, para no querer saber nada de Alemania bien que sigue apropiándose de un documento que no es de su propiedad.

Mientras tenga el recibo de que he pagado esa caja, con su contenido, es mía. Y lo va a seguir siendo salvo que, si siguen ustedes molestándome, se la venda al mejor postor que, como bien puede usted imaginarse, no va a ser nadie que tenga que ver con sus antecesores fascistas.

Lola colgó el teléfono satisfecha con el rapapolvo que había infligido al alemán de apellido pomposo.

Antes de salir del apartamento de Catalina se aseguró de que la caja de caudales estaba bien cerrada. Abrió la puerta tras quitar los cerrojos que el *Lupas* había instalado. Cerró al salir asegurándose de haber dejado en *On* la alarma. Pizarro había dado el visto bueno tanto a la cerradura, los cerrojos como la alarma que el *Lupas* instaló. Eso le daba una tranquilidad que le producía un bienestar hasta ese momento desconocido.

****

¿Jefe?, soy el *Sankris*. Tengo su encargo al punto. Si usted se pasa por el Vietnam nos podría invitar a unos *botijos* y a unas bravas a mis colegas y a mí.
No, jefe. No va a haber una convención. Es tan solo parte de mi estado mayor.

****

Me ha vuelto a llamar, José.
¿Quién?
El agregado cultural. Me ha presionado. Me ha vuelto a decir que el documento es propiedad de su país y sabía que lo había enviado al Real Instituto Elcano. Me ha dado pelos y señales.
Pero si está tan bien informado sabrá que lo que están haciendo es traduciéndolo y no cotejando su veracidad.
Sí. Estoy segura de que lo sabe.

Déjamelo a mí. Va siendo hora de hablar con ese encopetado alemán.

Gracias, cuñado.

Te he dicho mil veces que no me llames cuñado. ¿O crees que soy de esos cuñados que se juntan por Navidad para chafarte la noche?

Gracias, José. Eres un encanto incluso cuando gruñes. Pero vigila tu guardia, la tenías baja y por ahí te he colado un crochet. Y mira que hago hincapié en la "*t*" para que no lo confundas con el croché que según tú debe ser cosa de mujeres.

No, si ahora hasta me llamarás machista.

Un beso, guapo. Nos vemos a la noche.

****

Es un puto nazi, jefe. El *menda* ese parece un hijo de Mengele. Sólo le faltaba el brazalete con la cruz gamada.

Vale. Ya veo que le habéis identificado. ¿Quién es?

Ese es el problema, jefe, dice el *Sankris*. El tío es un karateca de *cuidao*. Con este pocos chistes y, a la menor, patada en los güebos.

Te agradezco la lección de autodefensa, *Sankris*, pero quería saber todo sobre él.

Ahí va. *Ninchi* saca la libreta y dile al madero lo que has escrito en ella.

¿Sabrá?, pregunta Pizarro mientras pincha una patata brava. Cómo coño harán la salsa, se pregunta, está mejor que las del *Docamar.*

Va aprendiendo, jefe. Dice el *Sankris* sonriendo.

El *Ninchi* va relatando con días y horas, los tres días que lleva siguiendo al elemento que asaltó la casa de Lola.

Es un *menda* de casi dos metros, rubio pajizo, *mazao* a tope, Como le meta un *lapo*, madero, le desencuaderna.

Al lío, *Ninchi*, le dice el *Sankris*.

El tipo para en un tugurio de calvorotas que hay por el Manzanares. Es el bar de un chino facha donde, salvo el papel de limpiarse el culo, y por motivos obvios, en todo aparece la jeta de Franco.

Tiene, además, una casita en Pelayos de la Presa. Allí frecuenta un sitio, El Mirador, donde está hasta las trancas de esta gente.

¿Tenéis la dirección de su casa?

Sí, jefe. Faltaría más, dice mirando al *Sankris* para que le autorice a darla.

Este asiente.

En Pirámides. Frente al antiguo matadero.

Con eso me vale. ¿Qué te debo, *Sankris*?

Una, jefe. Me debes una.

Tú me avisas y te la pago. ¿Hace?

Hace, jefe.

Deja un billete de cincuenta euros sobre la mesa para pagar los botellines y las bravas y sale en dirección a Chamartín. Ha quedado con un policía con quien tiene especial necesidad de hablar. Se trata de Higuero, el antiguo vigilante de plantón a la entrada que, ahora y gracias a la recomendación de Pizarro, se ocupa de fichar la entrada de todos los detenidos y de cursar los accesos a la parte alta de la Comisaría.

Ha quedado con Higuero en la Escuela de Pádel que hay frente al metro de Bambú, cerca de la M-30.

Coño, jefe. Pensé que era en un restaurante de pádel y señor mío. Dice haciendo la gracia con sus juegos de palabras.

Verá qué bien se come aquí, Higuero.

Ya sabes, jefe, que yo con mi ensaladilla voy que chuto.

Pero el menú es extraordinario. Ya lo verás. Y si quieres ensaladilla, pues lo pedimos.

¿Qué vas a beber?

Ya sabes que yo solo tomo cubatas con leche y cerveza sin alcohol.

Pues un café con leche entonces.

Vale.

Verás, Higuero, necesito un favor especial. Es algo que tú me puedes verificar en la Comisaría pero, naturalmente, en completo silencio. Es la ficha de un *menda*.

¿Un *randa*?

No creo. Un calvo, de esos de las cruces gamadas.

Uff. Vaya tufo.

Y que lo digas.

Se llama Gianluca Manzoni y es natural de Bérgamo, en Italia. Está afincado en Madrid y vive en Antonio López.

Eso está hecho. ¿Me tienes que informar de algo más o es secreto de sumerio?

De sumario, Higuero.

Que ya lo sé, jefe. No vamos a buscar a un *menda* de Mesopotamia.

Mira que te gusta cambiar las palabras. Como aquello de la Cruz Marrón.

¿Aún te acuerdas?

Como para olvidarse.

Siguieron comiendo en la pequeña terraza que tiene el bar-restaurante de la escuela de pádel. El menú fue, efectivamente, muy agradable. Y las copas posteriores –las de Pizarro, que Higuero no bebe- también. Al final se les echó la noche más porque ahora, en invierno, anochece pronto que por un exceso de tertulia.

Mañana, jefe, te llamo.

Pero no desde la Comisaría.

Tranquilo. Cuando salga a desayunar te llamo desde el móvil.

¿Conforme?

Afirmativo, contestó Pizarro, parodiando a un patrullero desde el coche policial.

CAPÍTULO 12. Hitler monta en cólera

Cuando salga del despacho localíceme al ministro Goebbels, le dijo el Führer a su mayordomo.

Este se dirigió al coronel Wilhelm Brückner, de las brigadas de las SA que estaba departiendo con el Reichsführer de las SS y jefe de la Policía Alemana Heinrich Himmler quien tomó el teléfono y llamó a Goebbels para que rindiera cuentas en el despacho del Führer.

Goebbels se presentó a la mayor brevedad posible. El propio Hitler le abrió la puerta y le ordenó que se sentara en el despacho mientras él atendía el teléfono. Goebbels se barruntaba que algo no iba bien. Hasta ese momento Hitler no había salido de ninguna habitación para que no fuera escuchada su conversación. Con él siempre había sido diáfano.

Vamos a ver Goebbels. He tenido conocimiento de que anda usted metido en asuntos que desvirtúan el Partido, nos coloca en una situación de crítica y, lo que es peor, me dejan a mí en mal lugar.

¿Yo, *mein führer*?

Sí, usted, herr Goebbels.

Nunca le había tratado el Führer con esa displicencia. Llamándolo "señor" Goebbels y tratándolo de usted.

¿No sabe usted que en todos los mentideros, en todas las reuniones del partido, se habla y no se para de sus continuos escarceos amorosos con cualquier corista, con la más vulgar de las camareras, con las meritorias del cine y con toda individua que se le pone a tiro?

Yo, *mein führer…*

Sí, usted. Si hasta ha venido a este despacho su propia esposa hecha un mar de lágrimas implorando mi ayuda para terminar con este comportamiento tan alejado del que debe tener un alto mando del Partido.

Mi esposa es un diablo, *mein führer*.

Su esposa es lo único bueno que le acompaña a usted, *herr* Goebbels. ¿Cree usted que un ministro del Reich para la Ilustración Pública y Propaganda puede llevar una vida disipada? ¿Cree usted que es un ejemplo para los jóvenes, para nuestras juventudes del Partido? ¿Qué cree que pensarían esas madres alemanas que nos entregan lo mejor de sus familias para luchar contra el comunismo, para entregarse a nuestros soldados y formar familias arias, si saben que nuestro ministro de Ilustración Pública es un sátiro; un degenerado que piensa con el pene, en lugar de hacerlo con la cabeza.

Yo, balbuceaba Gobbels, *mein führer…*

Pero esto se ha terminado. Hoy mismo va usted a renunciar a esa golfa que le ha sorbido el seso y la abandonará volviendo a su domicilio y apareciendo públicamente y durante al menos un año, en cada acto, en cada ocasión en que usted aparezca en público. Debe volver a enamorar a su esposa, parecer un marido enamorado. Yo, personalmente, he dado mi palabra a su esposa, sobre este abandono y su nueva vida como marido ejemplar. ¿Estamos?

Mein Führer yo, voy a presentar la demanda de divorcio de Magda, mi esposa. Estoy dispuesto, si usted me obliga a ello, a renunciar a mis funciones en el gobierno y en el Partido. Me ofrezco, incluso, para desaparecer de Alemania. Nómbreme cónsul en Tokio. Ahora necesitamos a Japón y nuestra embajada necesita un apoyo vital. Estoy dispuesto a inmolarme por el Reich.

Usted es un demente. Hasta qué punto le ha envenenado la judía esa con la que convive. Mi respuesta es tajante. Déjela y vuelva a su casa. Su matrimonio, ahora, es un asunto de estado. Y el estado, Goebbels, como dijo el rey de Francia, soy yo. Nadie va a romper el prototipo de familia nazi, ejemplo de la raza aria. Y menos por una judía.

****

Lída, amor. Llama Goebbels a la Baarová. El Führer me impide cumplir con mis deseos y me obliga a renunciar a ti. No he podido hacer nada a pesar de haber presentado mi renuncia. Goebbels comienza a lloriquear. Te amo, Liduschka, no puedo vivir sin ti.

Goebbels ha colgado y a Lída le corre, por la espalda, un rayo eléctrico que la deja en shock. Sabe que, a partir de ahora, la Gestapo estará encima de ella. Nadie puede escapar a la Gestapo sin el respaldo que le proporcionaba Goebbels. Y bien pronto que iba a sentir todo el peso de la ley, de la supuesta ley nazi. Cada día, sin faltar uno, es llevada a la temibles comisarías de la Gestapo. Sufre intimidación, acoso, es insultada y denostada por la calle. La prohíben trabajar en el cine. Es expulsada de todos y cada uno de los estudios cinematográficos de Alemania. Es excluida de cualquier acto social, se convierte así, en una pordiosera, una paria dentro de su propio país de adopción.

Su última película *Der Spieler*, basada en El jugador, de Fiodor Dostoyevsky, se estrena en Berlín. La Gestapo la amenaza si se le ocurre aparecer por el estreno. Lída no se arredra y se viste para la ocasión. Está convencida que el equipo de rodaje la arropará. Pronto se da cuenta de que han sido todos amenazados si se ponen a su lado. Se ve excluida. El público abuchea su aparición. Pronto comienzas los gritos de ¡puta!, ¡cortesana! Se suspende el estreno y Lída tiene que volver sola a casa. Nadie ha osado responder a la Gestapo y la han dejado sola.

Los dos próximos días sigue en cartel la película, aunque nadie se ha atrevido a presentarse en la entrada del cine. Todo lo más, odiadores profesionales, pagados con el dinero y las amenazas de la policía política del régimen, se concentran en las puertas del cine protestando y tirando piedras contra las puertas de acceso. El gerente, ante las continuas amenazas y para evitar que destrocen su cine, claudica y retira la película. Ya nunca se volvió a ver en ninguna parte de Alemania.

La Gestapo, y Magda Goebbels habían ganado. Ahora solo quedaba el recurso de la retirada. La huida era imposible. La habían declarado elemento peligroso para el Reich. Se suspendió el estreno de otra de sus películas, *Cuentos prusianos de amor* por figurar ella en el reparto. Solo quedaba la huída clandestina hacía cualquier lugar del mundo donde Alemania no tuviera la fuerza suficiente para volverse en contra suya. Por otro lado, con las amenazas sufridas, la denuncia por judía y comunista, le impedía el acceso a cualquier otro país.

Finalmente en marzo del año 1940 abandona Berlín con destino a Praga, a su viejo país. Allí, y gracias a Miloù Havel pudo trabajar y demostrar, a través de un rotundo éxito, todo su arte. Rodó *La muchacha de azul.* Por su extraordinaria representación –y también por su resistencia a Hitler, todo hay que decirlo- le concedieron el Premio Nacional. Ahora, pensó, hay que dejar el cine a un lado y centrarse en el teatro. En el cine podrían seguir prohibiéndome pero en el teatro es otra cosa.

Pero los tentáculos de la Gestapo eran largos. En 1941 es elegida para hacer el papel principal en *La mariposa nocturna*. Sin otra explicación le quitan el papel y le adjudican otro apenas reconocible. Los alemanes, que ya habían ocupado su país le prohibieron trabajar también en Praga.

Definitivamente, tenía que salir de allí. Y eligió Italia. Italia era aliada del régimen nazi pero el carácter mediterráneo, la propia personalidad de *Duce* Mussolini y de su ministro de Exteriores, el conde Galeazzo Ciano, su matrimonio con Edda Mussolini lo convirtió en el *yernísimo* con poderes ilimitados dentro de la Italia fascista. Pues bien, gracias a Ciano llegó a mediados del año 1943, a Italia. Allí comienza rodando *Grazia* de Pratelli y *Ti conosco mascherina*. Que presenta en Venecia. Allí se encuentra con Goebbels que había sido invitado al festival. Él se la queda mirando, Lída, retrocede, se tropieza y está a punto de caer. Lída está segura de que la ha reconocido pero él, impávido, no mueve un músculo de su rostro. Ella sabe que a él le ha dolido tanto como a ella este reencuentro, pero no ha sido capaz, tan siquiera de hacer un gesto de saludo, el más mínimo movimiento de uno de sus dedos, de una de sus manos. Nada…

CAPÍTULO 13. Asaltando la Torre de Madrid

Pizarro recibe el informe de manos de Higuero. Estaba seguro que la descripción se correspondía con el tipo que Lola le había descrito con toda seguridad. Era Manzoni y estaba reclamado por la Europol. Tenía pendiente una vista en un juicio por apalear a dos mendigos en Berlín hacía apenas dos años.

¿Cómo es posible que la embajada proteja a un reclamado por la Justicia de forma tan desahogada? Era evidente que su forma de entrar y salir con toda libertad de la legación germana denotaba que era un punto filipino entre aquellos funcionarios.

El agregado cultural, tal y como le dijo Lola, era descendiente del ducado de Münsterberg, en la actualidad Ziebice y existió desde 1321 hasta 1742 en la Baja Silesia una región que, como la francesa Alsacia y Lorena, ha ido perteneciendo a Alemania en función, especialmente, de sus avances expansivos durante las distintas guerras. En la actualidad el ducado se encuentra en Polonia aunque la familia Münsterberg continúa presumiendo de su pangermanismo.

¿Qué carajo tendrá que ver, un duque silesio, por muy polaco que ahora sea, con un golfo como este cachas fascista? O mucho me equivoco o este pájaro es uno de los componentes de la guardia pretoriana de la embajada.

Mal asunto, le dijo Higuero. ¿Qué vas a hacer, comisario?

Primero obligarte a ti a que no me llames comisario. ¿Entendido?

Eso si consigo metérmelo en la cabeza, jefe.

Y menos todavía jefe. Pizarro o José es suficiente. ¿Entendido?

Vale, jefe.

Pues lo primero que vamos a hacer es saber los planes de musculitos. Tenemos que enterarnos de toda su vida; si hace a jacas o a unicornios. Si es más facha que la madre de Superman o es un rol que ha cogido para comer caliente dos veces al día. Saber si fuma, se pincha, bebe o canta *seguiriyas* en *El Corral de la Pacheca*.

¿Y en cristiano?

Que hay que enterarse de todo acerca del calvorota.

Tranquilo, jefe. Tengo un primo de Puertollano que es una fiera marcando gente. Estaba de defensa central en el equipo de fútbol sala de mi hermano.

¿Y el fútbol que tiene que ver con esto, Higuero?

Le digo yo que este se pega al del polvorón en la cabeza y nos enteramos hasta del número que calza. Déjeme a mí que le llame por teléfono y verá cómo, en un par de días, nos enteramos hasta del cumpleaños de su novia.

O novio.

No me joda, jefe, que este es también *sarasola*.

Esa boca, Higuero, no me seas homófobo.

¿Homófono? Yo, jefe.

Homófobo, Higuero, no homófono

Yo me entiendo.

Calla ya. Y dame noticias de tu primo o del defensa central de tu hermano. Lo que sea. No podemos perder mucho.

No. Además, por las tardes le voy a ayudar yo, cuando salga de la Comisaría. Es que él no tiene coche y para seguirle tendríamos que darle una pasta para taxis. Si le sigue conmigo nos sale sólo por el precio del gasoil.

No seas rata, Higuero, que paga Lola, mi cuñada.

Por eso lo decía, jefe, para que no le cueste una pasta.

****

Sankris, mira a ver si pones al *Ninchi* a echar un ojo al nazi. Me temo que Higuero y su primo van a perderlo a la primera.

¿Qué Higuero, el madero ese del bigote? ¿El que está siempre diciendo palabros raros?

Ese. Se ha presentado voluntario para seguir al nazi pero me temo que, como salga de mañana, ni se enteran.

No me joda, comisario. Poner al Higuero es como poner a Bertín Osborne a vigilar una concentración de enanos, le verían a la primera. Menudo *careto* de pasma que gasta el Higuero.

Por eso te lo digo. Échale un ojo. O que se lo eche el *Ninchi*.

****

85

Catalina y Lola están escuchando música en el apartamento de Catalina. Alguien está hurgando en la puerta. Apenas se escucha el roce de una ganzúa. Lola sabe que tiene echado los cerrojos que le ha colocado el *Lupas* y lo que es por ese lado no hay peligro. Se acerca con toda suavidad, sus pies descalzos ayudan a que no se noten los pasos de Lola hacia la mirilla de la puerta. Le da tiempo a echar una sola mirada. Es el rubio musculado, nuevamente. Mientras le está mirando el rubio se ha percatado de que hay alguien tras la mirilla. Ha rociado con un spray de tinta negra el cristal de la mirilla cegándola. Antes de que pueda abrir la puerta sale corriendo escaleras abajo. Lola, temblando, se dirige hacia el sofá donde sigue, impávida, Catalina. Ambas se abrazan. Se han quedado quietas, calladas e inmóviles. De pronto Catalina recobra el ánimo y llama al conserje de la casa. Todos esos pisos, hasta el bajo, son un montón de escaleras incluso para un deportista, como al parecer es el presunto asaltante.

Darío, le dice al conserje. Hemos notado como alguien ha intentado abrir la cerradura de casa nuevamente. Tiene que pasar por la recepción de un momento a otro. Es un hombre de unos dos metros, rubio y muy musculoso.

Es cierto, señorita Catalina. Acaba de salir hace apenas un minuto. Si me hubiera llamado antes me habría interpuesto entre la puerta y él y no habría podido escapar.

Vaya, hombre. También es mala suerte. No importa, Darío. Déjelo, además, era demasiado pollo para tan poco arroz. Si se llega usted a

¿cómo ha dicho?, pregunta Catalina divertida con el mensaje del conserje, si se llega usted a interponer igual de un guantazo y lo envía a sentarse con don Quijote y Sancho al centro de la plaza.

No me diga usted eso, doña Catalina. Menudo susto. Ya me lo dice mi Margarita: Darío un día te va a entrar un caco y tú no te enfrentes a él, que tu vida es lo primero.

Pues dice muy bien su Margarita, Darío. Eso es lo que tiene que hacer, echarse a un lado y evitar la puñalada o el disparo.

¡Ay, por Dios!, no me diga usted eso, grita Darío mientras cuelga.

****

Lo tenemos, comisario. Si viene usted a por él lo puede interrogar.

¿Cómo que lo tienes?

Sí, que el *Ninchi*, que es algo karateka se le ha *cruzao*, como los ninjas y, entre que dudaba si echarse a la derecha o a la izquierda, le ha *arreao* con la albaceteña y le ha hecho un *chirlo* en el muslo que lo ha *dejao* seco.

¿Pero cómo que le hado un chirlo? ¿Estáis locos? A quien se le ocurre liarse a navajazos con el objetivo más que a un loco.

No ha *sio ná*, jefe. Estos musculitos que se ponen como *Las Grecas* de tomar mierdas de esas *embotellás* del *ginasio* y se les queda la cola como el hueso de un albaricoque.

No seas bestia, *Ninchi*, dice el comisario. No os dije nada de cogerlo, tan solo de seguirle.

No pasa *ná*, jefe. Tú te pones *asín*, un gorro de esos de los terroristas, para que no te *fotocopie la jeró* y él qué va a saber quien le *trincó*.

A ver, *Sankris*. ¿Tú confías en el *Ninchi* y en el resto de tus hombres?

Naturaca, polí. Más que en mi hermana, que se lió con mi padre y se marcharon a vivir a Móstoles dejándonos *abandonaos* a mi madre y a servidor.

Tu vida, *Sankris*, da para un novelón.

¡Ya te digo, jefe!

Pizarro le aprieta las tuercas a *musculitos* quien, al principio, parecía otra cosa. Tras un par de minutos cantó por soleares.

El embajador, dice, está detrás de la cajita que compró la *lumi* esa de la Torre de Madrid. Al parecer tiene algún documento que tiene que ver con algo referente a los nazis y le ha encargado al agregado, que es en realidad del servicio secreto, que acabe con el problema.

¿Qué problema? ¿Te refieres a vosotros, los nazis, claro?

Yo no soy nazi. A mí me la sudan los fachas. Yo voy a gimnasio y me vendo a quien más me dé, sean nazis o de Podemos. Yo, en esto, soy como los diputados. Donde más caro está el mercado ahí me ofrezco al mejor precio.

Ahora Pizarro sabe quién está detrás del supuesto documento de la supuesta *Operación Barbarroja*. También sabe a quién hay que apretar ahora. Por si acaso le dice al rubio que se olvide de la *lumi*, que era cosa suya.

A la noche llega Pizarro al apartamento. Se encuentra a las dos Pastranas abrazadas como si las hubieran descubierto los Reyes Magos sin dormir. No puede evitar unas risas al verlas así, tan indefensas.

Ha estado aquí otra vez.

¿Quién?, dice Pizarro.

El rubio. Esta mañana, a primera hora.

Bah. Ese ya no va a volver a aparecer. Ahora tenemos otro objetivo más elevado. Ya no hay que preocuparse de *musculitos*.

¿Qué ha pasado?

Señora fiscal. No estoy citado como imputado, por tanto no tengo la obligación de declarar verdad. ¿No es cierto?

Así es, comisario. No te lo habrás cargado, ¿verdad?

Pero tú quien te crees que es tu novio, ¿el doctor Menguele?

CAPÍTULO 14. La detención

Ludmila Babková ha abandonado Italia y ha recuperado su original nombre dejando de lado el Lída Baarová, su nombre artístico. Aquí, piensa, recuperaré mi hogar y mi libertad. Para mí se acabó el faranduleo y las noches en brazos de cualquier tirano. Ludmila. Ha dejado atrás al productor que viajó a Berlín con un contrato único y que la esperó a bordo de su avión privado, la que iba a ser su tabla de salvación. Lida no acudió a la cita. No por soberbia o por un ataque de divismo, sino porque sabía que era el momento de volver a su país, a sus orígenes.

Pero la Historia, como se suele recordar siempre, la escriben los vencedores y estos, habitualmente, no olvidan. Los checoslovacos sabían de ella por el cine, sabían de sus contactos con la jerarquía nazi próxima a Hitler y sabían, lo que era más grave, que había colaborado con el régimen fascista. Y eso, los vencedores, no lo perdonaron.

Una patrulla de soldados aliados la detiene en su domicilio y es trasladada a una cárcel. Una fría, desangelada y gris prisión en Munich, donde permaneció hasta que fue juzgada. Fue encontrada culpable de colaboración con el enemigo y puesta a disposición del ejército para su fusilamiento. Así, con una sola ráfaga de fusilería terminaría una vida dedicada al arte.

Dios aprieta pero no ahoga y aparece Jan Kopeckí, uno de sus más fervientes admiradores. Agente teatral y sobrino del ministro comunista del interior quien por su intermediación dejó en libertad a la actriz. Se casó con ella en 1949 y, por huir de su pasado, marchó a Austria, donde la recorrió de arriba abajo interpretando cuantas obras le facilitaba su esposo.

Pero su pasado estaba ahí. A la menor ocasión en que era reconocida la gente le daba la espalda, la criticaba o, cuando no, la insultaban directamente. Lída no soportaba el indecente examen que, a diario, tenía que superar. Ella ya había pedido, en innumerables ocasiones, perdón por un pasado que le había envuelto sin pretenderlo aunque sí, reconocía, no hizo nada por huir de él.

Su madre fallece tras un interrogatorio policial acerca de ella y su hermana, Zorka, se termina suicidando. Esto da un vuelco a su vida. Es cierto que se aprovechó, tanto como se aprovecharon de ella, los altos mandos hitlerianos. Pero ya había sufrido cárcel, el escrutinio diario de gentes que no la habían conocido ni tenían la más ligera idea de qué hizo ella o de qué le hicieron a ella. Hablar por hablar, se decía. Y entonces le dijo a Kopecki que se terminó, que tenían que emigra a otros espacios, a otros lugares, donde su pasado no fuese objeto de dolor. Y así lo hicieron, se marcharon a la Argentina.

****

La Argentina de aquellos años cincuenta poco tenía que ver con la Argentina actual. Era una Argentina con enormes campos, grandes extensiones para la agricultura y la ganadería y una enorme también falta de técnicos. Esta falta de técnicos fue aprovechada por un hombre que, finalmente, sería el hombre clave en la fuga de parte de los más conspicuos criminales nazis de la Justicia: Carlos Fuldner, un alemán nacido en la Argentina que se enroló en las SS donde ascendió hasta el grado de capitán. Tras la guerra escapó a Madrid, donde encontró la colaboración con los grupos franquistas para facilitar la huída de sus compañeros desde la Alemania ocupada hasta distintos países de Sudamérica aunque fue la Argentina donde cuajó la diáspora fascista. En Madrid organiza Fuldner la primera red de escape a la Argentina, se reúne con Perón, hay reuniones en la Casa Rosada y luego Fuldner viaja a Europa y allí comienza el escape en serio de sus camaradas de las SS.

Perón quería dotar a la Argentina de científicos y técnicos alemanes; diseñadores de aviones, científicos nucleares, etc. Junto a ellos y de rondón consiguió colar una gran cantidad de criminales de guerra tipo Adolf Eichmann y Josef Mengele, quienes terminaron entrando en el país disfrazados de técnicos.

Nazis buscados por las Fuerzas Armadas estadounidenses y británicas para llevarlos ante el Tribunal de Nuremberg por crímenes de guerra. La organización argentina de Fuldner los sacaba de Alemania, con la connivencia del Gobierno suizo y un enorme apoyo del Vaticano. Este apoyo papal otorgaba pasaportes, papeles y cartas identificatorias falsas como churros. El cardinal Tisseront, el obispo alemán Hudal, muy identificado y simpatizante fascista; el padre Draganovic, un sacerdote croata, muy próximo a

Pío XII consiguieron burlar los controles de las fuerzas aliadas y escapárseles, como pececillos, entre los dedos.

Lída acudió a Fuldner, a quien conoció una noche en una fiesta de Joseph Goebbels, le ofreció su ayuda para todo aquello que necesitase. Lída, como había hecho siempre, se dejó querer, sin oponer resistencia. Era fácil situarse al lado del poderoso aunque, como le pasó en Alemania, luego resultase casi mortal para sus intereses. Pero ella era una superviviente y así quería continuar siéndolo.

Su esposo, Jean Kopeckí, no veía con buenos ojos su vuelta al cine. La fama, especialmente ahora que estaban a salvo en la Argentina, era un arma de doble filo. Y así se lo hizo ver. Pero Fuldner, que ya estaba de nuevo en España, la escribía y le lanzaba contratos y cánticos de sirena para su vuelta a Europa.

Al final el demonio del cine volvió a triunfar y, en 1950, se divorcia de Kopeckí y se marcha a Italia. Trabaja con Fellini y vuelve a recibir ofertas de España. En Italia siente, nuevamente, el aguijón de la culpabilidad por ser Italia un país que sufrió el fascismo pero que, finalmente supo enterrarlo tras el fusilamiento del Duce y que el pueblo terminara colgando por los pies a Mussolini y Clara Petacci, su amante. ¡Cuántas veces, siendo anciana, pensó en la similitud de su vida y la de la Petacci!

Pero aún le quedaba una baza: España. España y Fuldner a quien tenía por un de sus mejores amigos.

Fuldner le presenta a lo más granado del cine en este comienzo de los años 50. Klimovsky, Fernán Gómez, Nieves Conde y Manuel Mur Oti, entre otros. Con todos ellos termina colaborando en distintas películas: *Viaje de Novios, Todos somos necesarios, El batallón de las sombras…* Traba amistad con otras actrices con las que trabaja: Emma Penella, Amparo Rivelles, Elisa Montes, Alicia Palacios o Amelia de la Torre.

****

Lída está muy contenta en España. Aquí tiene amigos, también, a los que conoció en sus visitas a los círculos fascistas alemanes: León Degrelle, Otto Skorzeny o Vjekoslav Luburic, especialmente, que la trataban con respeto y aquella entrañable adoración que tanto echaba en falta.

Pero su carrera está sufriendo un retroceso. España está haciendo un cine al que ella ya no le encuentra el placer interpretativo de antaño. Ahora Lída tiene tiempo, mucho tiempo libre y quiere retomar su interés por el guión. A ella siempre le gustó escribir y cree encontrar un nicho en la Literatura en el que ahondar: la novela histórica.

A fin de cuentas, se dice a sí misma para insuflarse ánimos, yo participé, de una forma u otra, en el período transcurrido entre ambas guerras.

Comienza a escribir tras imponerse un horario espartano de trabajo. No maneja bien la máquina de escribir por lo que se decide por hacerlo a mano, con su propia pluma estilográfica, uno a

94

uno, los folios que sean precisos para plasmar todo este período de la Historia.

Y así, y no de otra forma, fue como fueron escribiéndose las decenas de capítulos de la larga biografía de Lída Baarová.

CAPÍTULO 15. Llega la Navidad

¿Y ahora, jefe? ¿Qué vamos a hacer ahora?

Ahora Higuero, lo primero es pensar y lo segundo repensar tranquilamente los pasos que tenemos que dar. No podemos actuar a tontas y a locas. Ten por cuenta que estos de la embajada son malos enemigos. Tienen un colchón enorme con la inviolabilidad de la embajada que cubre todos y cada uno de sus pasos.

¿Y no podrías recurrir a Requena y Sobreviela?

No quiero meter en medio de esto a mis antiguos subordinados.

¿Tampoco a Viqui del Castillo?

Si es que puedo, tampoco.

¿Ni a Balo o Jato?

Joder, Higuero, ¿qué es lo que no entiendes de no querer recurrir a la Policía?

Entonces tendremos que hacerlo solos

No. Te recuerdo que tú también eres parte de la policía. Eso me deja a mí solo contra ellos.

Pero te van a dar para el pelo, jefe.

Pues me lo cortaré antes de ir a por ellos. Así se ahorran el trabajo. Déjalo, Higuero. Te agradezco tu apoyo y tu ayuda pero, si pudiera, no quisiera recurrir a vosotros. Aunque me parece que finalmente tendré que pedir árnica en cualquier momento.

Ahí estaremos, jefe. Tú siempre serás madero, como nosotros aunque te hayas metido en lo privado.

****

¿Lupas?

Dígame, comisario.

¿Sabes algo de *Yemas de oro*?

Que está retirado, como aquí el menda.

Ya, y como yo. Menudo ejército de *yayos*. Pero sabes si hace alguna chapuza en negro.

Naturalmente, con la pensión que nos ha quedado, no da como para irse a veranear con el IMSERSO.

¿Puedes ponerte en contacto con él?

Sí, comisario. A sus órdenes. ¿Qué le digo?

Perfecto. Dile que es para algo fino. Y te necesito también a ti, Lupas. Es una puerta normal, nada del otro jueves. Cerrojo de seguridad de esos que tú usabas como entrenamiento para no perder el toque en los dedos.

Oiga, comisario, no sé si será cierto. Pero se comenta por ahí, que anda usted ahora con un grupo que parecen el batallón de *Acción mutante*.

Muy oportuno, Lupas. Efectivamente. Pero ha sido para una cosa sin importancia. No es como esto, que necesita profesionales.

Nos vemos entonces, comisario. Yo mañana le podré decir si el *Yemas* está apto para el servicio o le ha entrado el *baile de San Vito* y lo tenemos en loquero o en el tanatorio.

No me jodas, Lupas. Eso ni en cachondeo

¿No me diga que le entra *jindama* al hablar del dios   Tanatos?

Adiós, Lupas. Mañana me llamas.

Lola y Catalina han salido a realizar las últimas compras de Navidad. Mañana es veinticuatro y la cena ya está acordada pero, como siempre, faltan algunos pequeños detalles. En casa de las Pastrana siempre, como una tradición que se pierde en la noche de los tiempos, se ha cenado una ensalada de escarola y granada y falta una granada gorda, roja y bien madura para completar y la escarola que ha de ser verde, hermosa y con el centro amarillo y terso. Han quedado en el Mercado de los Mostenses con Pizarro. El ex comisario aparece acompañado de algunos amigos: Yagüe, el informático; la inseparable Viqui del Castillo y, por supuesto, Balo y Jato, el jefe superior y el comisario jefe. La comitiva, al descubrir a las dos hermanas, se abalanza sobre ellas dos. Catalina, en particular, es agasajada con múltiples besos y abrazos. Va presentando, a cada uno de ellos, a su hermana Lola. Las dos hermanas han terminado de comprar lo que les faltaba para la cena y acompañan a los policías.

Han entrado en una cafetería aséptica, como todas las de la Gran Vía, impersonal y sin nada que poder destacar. Por no tener no tienen ni un sitio más o menos apartado para charlar tranquilamente. Estas cafeterías, dice Pizarro, que son en realidad franquicias, deberían de estar prohibidas. ¿Qué se puede tomar en un sitio así? Un café que siempre llega frío a la mesa; una cerveza mal tirada, ácida y sin apenas espuma o un vino tinto *Gran Reserva* de La Mancha, tres cincuenta la botella, adquirida en las afamadas bodegas del *Lidl*.

Y si te llevas tres, dice Viqui, la tercera te sale a devolver.

Mejor que devolver, dice Pizarro, vomitar.

Todos ríen el golpe cascarrabias de Pizarro. El haber salido del cuerpo, piensan, le ha agriado el carácter. Antes, es cierto, era serio y cortante, pero tan solo durante el trabajo. Después, y ya en la calle, era comunicativo, sobre todo si la conversación versaba sobre comidas o restaurantes y era un gran bromista. Pero ahora, aunque él no quisiera reconocerlo, había cambiado de humor. Catalina se lo decía habitualmente pero, últimamente, había desistido de ello. Si se lo decía se enfadaba y creía que le estaba presionando.

***

Dicen en los bajos fondos que se ha vista a cierto ex policía, ahora metido en negocios privados, que va molestando a ciertos altos cargos de una embajada centroeuropea. ¿Tú sabes algo de esto, Pizarro?

No, desde luego que no. a mí no me apuntes

Pues dicen que han visto al citado ex policía con un grupo que comanda un tal *Sankris*, el capo del menudeo en San Cristóbal de los Ángeles.

Primera noticia, dice Pizarro.

Y que se ha rodeado de una banda que parecen *Eduardini y el bombero torero.*

Vaya, dice Pizarro, yo había escuchado algo pero con el ejército de Acción Mutante.
Bien traído. También podría parecerlo.
Entonces será fácil dar con ellos. Bastará con asomarse a la ventana y verlos pasar.
Me huele a chamusquina, Pizarro.
Es va a ser del café, que lo están tostando. Ya os decía que aquí el café no era bueno.

****

Han despedido a los compañeros de Pizarro y se dirigen al apartamento de Catalina.
Buenos días, señorita Catalina, dice Darío, el conserje. Ya debe de tener instalado el *modem*.
¿Eh?, dice Catalina mirando a Pizarro. Yo no he llamado a nadie para instalar un *modem* ni nada por el estilo.
Era un empleado de *MoviStar*.
¿Le ha pedido usted la identificación para dejarle acceder a la vivienda?
No señor. ¿Para qué? Venía con el mono de la empresa. El logotipo en la chaquetilla y la caja de las herramientas y varias cajas de cartón, también de *MoviStar*.
Pero sin identificarse, ¿verdad?
No señor.
Los tres suben a la casa. Pizarro ha tocado en el piso anterior al de Catalina. El último piso lo subirán andando. No quiere que, se abran las puertas, y se encuentren con alguien de frente que les esté esperando. Toda precaución es poca.

Llegan finalmente al piso donde está el apartamento y se acercan a la puerta del mismo.

Un momento. No entréis. Dejadme pasar a mi primero.

Las dos chicas se han puesto a un lado. Catalina a su derecha y Lola a su izquierda. Pizarro introduce la llave sin ningún tipo de obstáculo. Gira el pomo de la puerta y, de golpe, abre y se mete en la casa con la pistola en la mano. Catalina está temblando. Lola no se ha movido del resguardo de la viga sobre la que estaba apoyada. Pizarro entra dentro de las habitaciones con el arma preparada. Va abriendo armarios y mirando bajo las camas. Hay un cuadro ligeramente inclinado. Es, efectivamente, el retrato de la madre de Catalina, bajo el que se oculta la caja fuerte. Pizarro observa detenidamente la caja. Ha sido manipulada pero no ha podido ser abierta.

Entrad, ordena a Catalina y Lola.

¿Han entrado otra vez, verdad?

Eso parece. Su objetivo era la caja fuerte. Pero no la han podido abrir. Mira a ver si te falta algo.

Catalina gira la rueda marcando con cuidado los números de la clave. Al marcar el cuarto número suena un *clack* que señala la apertura. Está todo, dice.

Esto no puede seguir así, José. No podemos estar, cada día, expuestas a que se nos cuelen en casa.

Afortunadamente hoy no estábamos dentro.

Y si estabais dentro tampoco podrían entrar. Los cerrojos que puso el *Lupas* siguen intactos. Es cierto que, al salir, y no estar echados, facilita la apertura de la llave. Habrá que pensar en algo.

Aunque yo creo que, por unos pocos días podríamos ir a mi casa. Allí tenemos vigilancia jurada las veinticuatro horas y no dejan pasar a nadie si no es con la autorización expresa de quien esté en la casa.

Pero yo tengo toda mi vida aquí, José. ¿Qué voy a hacer yo en tu casa? Y Lola…

Lola y tú podéis vivir de la misma manera que lo hacéis aquí. Nada cambia.

Definitivamente nos vamos, le dice Pizarro a Catalina. Haced algo de maleta, para un par de días. Yo creo que antes de Año Nuevo tendremos esto resuelto.

¿No vas a denunciar a la comisaría, verdad?

No. Es preferible que no se enteren de nada. Así tendré el horizonte seguro a partir de mañana.

CAPÍTULO 16. Balo pide explicaciones

Pizarro descuelga el teléfono y reconoce, en seguida, la voz de Balo, el director. Es raro que llame a estas horas y más después de que ayer se haya marchado mosqueado por lo del *Sankris*.

¿Sigues ahí Pizarro, o estas buscando otra respuesta para volverme a engañar?

Qué dices director. No sé a qué te refieres.

¿Crees que ayer me engañaste? No dije nada porque estaban las chicas delante, pero ahora te pido que me cuentes todo. Y sin trampas.

En fin, Balo. Si lo que pretendes es que hablemos con las cartas sobre la mesa primero extiende las tuyas. Yo te seguiré. Ya sabes que nunca te he ocultado nada.

Ha aparecido un cadáver en el *Cerro de los Locos*, en la Dehesa de la Villa.

¿Algún *yonki*?

Y una mierda, Pizarro. Dos metros casi. Varón. Caucasiano. Pelo rubio y el *kit* completo de *Madelman* musculoso. Según su documentación Günter Lubitz, natural de Dusseldorf, treinta y dos años, soltero y vecino de Madrid. Domiciliado en la calle Fortuny, número ocho. Asesinado de un solo disparo, en la nuca. ¿Lo conoces?

Pues sí y no, director. Günter Lubitz era el padre de Andreas Lubitz, el copiloto del avión de *Germanwings* que se estrelló contra los Alpes franceses con 150 personas a bordo y que, ¡vaya hombre!, qué casualidad, vive en el mismo domicilio donde se encuentra la embajada de Alemania en Madrid. ¿Te dice esto algo? ¿Has comprobado que la documentación sea legal, que no esté falsificada?. ¿Has pasado sus datos y sus huellas al laboratorio de la policía para saber algo de él?

Yo…, verás. Sé que tienes algo con este tipo. No quería levantar la liebre antes de hablar contigo. Ten por cuenta, Pizarro, que si esto sale a la luz van a ir a por ti a degüello.

Me imagino, director, que te habrán llegado infinidad de quejas de la embajada. No me imagino que pierdan un peón suyo y todo quede así, sin una explicación.

Pues no, la verdad es que no nos ha llegado nada.

¿Y no te da que pensar? ¿Tú crees que si te metes con un tipo que vive en la embajada esta se va a quedar de brazos cruzados? Algo, o alguien huele mal en Dinamarca… y no soy yo, Balo.

Requena y Sobreviela han puesto el radar y se comenta que últimamente un tipo de las características del difunto ha estado pululando alrededor del apartamento de Catalina. Ellos, al saber que se trataba de la fiscal han puesto el radar en el tipo. Lo seguían sin comunicar nada en comisaría y le tenían fijado. Entraba y salía de la embajada como Pedro por su casa. Al parecer era el *machaca* del agregado. Este agregado cultural, como es habitual, pertenece en realidad al servicio secreto de la legación. Es un viejo policía que no se sabe muy bien qué carajo hace en la embajada.

Al parecer al tipo le han dado matarile en su propia casa y luego le han sacado, de alguna manera, de tapadillo. Ha sido colocado en el descampado de la Dehesa de la Villa y aquí paz y después gloria.

¿Le encontraron Requena y Sobreviela?

No. Nos llegó una denuncia anónima.

¡Vaya!, qué oportuno. ¿Y eso no te hace pensar?

Naturalmente, Pizarro. Te recuerdo que, aunque ahora estoy clavado a la mesa del despacho como una garrapata a un chucho sarnoso, he pateado esta puñetera ciudad de cabo a rabo durante media vida. Pero un tío que persigue y acosa a una fiscal no es moco de pavo, Pizarro. Aunque esa fiscal sea Catalina. Si esto llega a saberse la cosa se va a poner fea.

¿Sabemos cuál ha sido el arma empleada?

No. No ha aparecido.

Hasta mañana no se podrá hacer la autopsia pero ya te adelanto que el disparo ha sido limpio. Limpio y a corta distancia.

Eso quiere decir que el autor del mismo era persona de confianza del fiambre. Si como crees le dieron matarile en su propia casa y tenía la pistola a un palmo de su cabeza, y por detrás, lo lógico es pensar que el asesino era alguien de su confianza. Nadie entra en casa de un profesional sin que este lo detecte y le pueda sorprender así como así.

Es lo más lógico, desde luego.

¿Y qué piensas hacer ahora, Balo?

Tengo que poner en marcha el protocolo de homicidios. A partir de ahora ya no puedo ocultarlo más. No obstante estarás extraoficialmente al cabo de lo que ocurra. Te daremos cobertura, además a ti, a Catalina y a su hermana. No podemos arriesgarnos a que el asesino, o sus hombres puedan atentar contra alguno de vosotros.

No obstante, Pizarro, creo que va siendo hora de que me cuentes, a calzón caído, todo aquello que me has ocultado. Ahora, querido amigo, te toca a ti desplegar tus cartas.

Verás… Parece un guión de novela de aventuras. A mediados del mes pasado Lola, la hermana de Catalina, encontró en un ropavejero francés una caja de madera de caoba muy característica. Por la calidad de la madera y las filigranas de su marquetería le llamó la atención. Era bastante antigua pero estaba cerrada y no tenía la llave. La llevó a valorar a una afamada casa de subastas donde se la abrieron. Debajo del forro encontraron un pequeño papel, escrito en un idioma centroeuropeo. Al principio parecía alemán, pero el traductor que contrató le dijo que no era alemán, sino que podría tratarse de alguna lengua de las que se hablan en Checoslovaquia. Tras traducirse se pudo conocer que era una pista a seguir sobre un hecho ocurrido en la Alemania nazi. Estaba dirigido a una persona: Ludmila Babková o Lída Baarová, como se la conoció en el mundo del cinematógrafo, donde fue una más que conocida actriz. Esta actriz fue, durante mucho tiempo, amante de Joseph Goebbels, la mano derecha de Hitler. En la nota hablaba acerca de un hecho de vital importancia para el final de la guerra. Le adjuntaba una copia de un proyecto denominado *Operación Barbarroja*.

¿Lo de la invasión de Rusia, no me digas más?

Efectivamente. Lola ha seguido, día a día, la vida y milagros de la Baarová. Tras el final de la guerra pasó por Argentina, donde convivió con la *creme* de la *creme* de los nazis. De allí pasó a la Italia post Mussolini y, finalmente, recaló en la España de Franco. Aquí trató con los círculos más próximos a los refugiados hitlerianos. Lo que no sabemos, aunque Lola sigue dándole vueltas, es qué fue de ese documento. Al parecer hubo un traidor en el círculo del Führer que dio el cante en Moscú. Ese traidor, seguramente, fue uno de los prebostes. Se habla, y no se para, sobre Goebbels, pero Lola no lo cree.

Vete tú a saber… A la vejez, viruelas. No creo que ya importe demasiado.

Ahí estás equivocado. Baarová era guionista y tenía buena mano escribiendo. Sabía todo acerca de lo que se cocía en casa de Goebbels y, por lo tanto, no sería de extrañar que, de existir ese manuscrito de la actriz, aclarase definitivamente quien fue el traidor. Los nazis, eso es seguro, están detrás de él tanto como Lola y ahí y no en otro sitio, es donde hay que colocar el foco de este asesinato, Balo. Para los nazis es muy importante cerrar aquella traición y que se sepa todo lo que aconteció alrededor de Barbarroja.

¿Y crees que Lola podría encontrarlo?

No conoces a Lola. Es aún más terca y determinada que Catalina y yo juntos. Oye, ¿y esa risita…?

Es que me imagino la investigación de los tres si un día aparece la barra de pan con un pellizco en el pico. Menudas vueltas le daréis hasta que aparezca el culpable.

Rieron por la ocurrencia y, antes de despedirse, Balo soltó la pregunta que le rondaba desde hacía un rato.

¿Qué es lo que haría Lola si encuentra el guión o la novela?

Pues seguramente destriparla y convertirla en un *best seller*. Lola también escribe y es seguro de que, con ese material, lo que ya ha averiguado de la Baarová y su imaginación podría hacer algo digno de Gómez-Jurado y su serie de la *Reina Roja*.

CAPÍTULO 17. Conociendo al enemigo

Lola está haciendo un seguimiento exhaustivo de todas las personas que tuvieron algo que ver, en nuestro país, con Lída. Es cierto que, pasados tantos años, muchas de ellas han fallecido. Pero entre sus familiares, la gran mayoría siguieron los pasos de sus mayores y continúan ligados, de una forma u otra al mundo del cine. Recuerdan, algunos más que otros, claro, a Lída Baarová. No en vano en aquel tiempo no eran muchas las actrices checoslovacas que pasaron por nuestras producciones, le decía Gerardo Rubio, sobrino de Emma Penella. Mi tía escribía un diario en el que hace mención a ella. En *El batallón de las sombras* actuaron juntas a las órdenes de Mur Oti. Lída hacia el papel de Luisa y mi tía el de Lola. Mur retrataba una barraca, un caserón en un suburbio de Madrid, donde conviven un montón de personas. Era una película coral. Cada personaje tiene un sueño y, cada uno de ellos también, sufre desilusiones y grandes esperanzas a lo largo del film. Lída y mi tía se hicieron amigas. Ella, según me contaba, era una muchacha que había sufrido mucho durante la segunda guerra. Al parecer había estado en la cúspide y, con la derrota nazi, bajó de golpe al infierno. Siempre estaba a la defensiva. Al parecer, y eso sí que no podría asegurar si es cierto o no, ella estaba obsesionada con los antiguos nazis que vivían de forma más o menos permitida de cara a nuestras autoridades. Había un hombre al que temía especialmente: Otto Skorzeny.

Es la segunda vez que oigo ese nombre, le dice Lola.

Y no será la última si se dedica a investigar la presencia de nazis dentro de nuestro país.

A Skorzeny, que era bien conocido en todo Madrid, se le conocía como *el soldado favorito de Hitler*. También lo fue de Evita Perón, de la que fue guardaespaldas e, incluso, perteneció a los servicios de seguridad de Israel.

¡Vaya un personaje!

Y tanto, joven. Pero dígame usted, ¿a qué se debe ahora todo esto? ¿Es usted historiadora?

No exactamente. Aunque sí que soy aficionada a la Historia. Verá, estoy investigando acerca de la vida de Lida Baarová y su relación con Goebbels. Quiero escribir un libro –mintió- y para ello quería saber si alguno de sus compañeros en Madrid, durante su estancia en la capital, la seguía recordando. Pero han pasado muchos años y ya no quedan muchos. Su tía, por ejemplo, que falleció en 2007.

Pero sí quedan otros que la conocieron. Aunque, claro, tampoco tuvieron el contacto con ella que mi ti Emma. Por ejemplo su hermana Terele Pavez. La conoció pero en alguna fiesta no en su trabajo. Si que la conoció más su otra hermana, Elisa Montes pero tampoco como para saber de ella.

Oiga que curioso, dice Lola, las tres hermanas, con tres apellidos distintos.

Sí, eran apellidos artísticos. Se los cambiaron avergonzadas por el de su padre, Ramón Ruiz, falangista de primera hora, que fue uno de los responsables directos del asesinato de García Lorca. Al acabar la guerra Dionisio Ridruejo le destituyó de todos sus cargos. Animado por Laín Entralgo y otros amigos del poeta expulsaron, para siempre a Ruiz del régimen vencedor. Sus hijas, avergonzadas por su pasado renunciaron a que su apellido figurase junto a su nombre artístico. Por eso Emma llevó el apellido materno y Terele y Elisa eligieron otro; Elisa el de *El gato montés*, pasodoble que compuso su abuelo Manuel Penella y Terele el Pávez que era el segundo apellido de su abuela materna, Emma Silva Páez, chilena y a la que adoraba.

Pues le agradezco mucho a usted su ayuda. No sabe cuánto me ha abierto los ojos en este asunto.

No obstante, y ahora que lo recuerdo, le escuché más de una vez a mi tía que Lída tuvo un buen amigo en aquellos rodajes. Se llamaba Luis de Encina y era eléctrico. Ya sabe, de los de iluminación. Al parecer tuvo algún amorío con ella aunque, vaya usted a saber, en Madrid, por aquellos entonces, los cómicos, y más las cómicas eran objeto de la maledicencia del público y les buscaban ligues sin más motivo que el de entretenerse.

Sí, dijo Lola, como cuando le adjudicaron un idilio a Ava Gadner con El Fary.

Sí, sonrió Gerardo. Pero no vaya usted a extrañarse tanto. El Fary, como todos, tenía su público y, además, lo habitual por aquellas calendas es que Ava Gadner acudiera *azufrada* a cualquier fiesta. Ambos rieron con ganas la ocurrencia.

CAPÍTULO 18. Skorzeny, alias Caracortada

Lola agradeció a Gerardo Rubio su tiempo y su amena charla y decidió acercarse hasta la Complutense. Había llamado al profesor Santiago de Vicente, que impartió un Curso en el que Lola se había matriculado: El Congreso Posguerras que se celebró coincidiendo con el 75 Aniversario de la última guerra civil española. Si alguien podría hablarle de Skorzeny era él.

¡Qué sorpresa, Lola! Estaba deseando verte. ¿Qué ha sido de tu vida?

Ahí sigo, *profe*. Terminé Derecho y lo aparqué tras un tiempo en el Turno de Oficio. Eso no es para mí. Ahora estoy dándole vueltas a la cabeza acerca de un personaje y sus derivadas de la Alemania nazi. Lída Baarová y Otto Skorzeny.

Vaya, vaya... Dos personajes de ficción casi.

Estaba segura de que podías iluminarme sobre ellos.

De la primera menos. Ya sabes, relación con Goebbels, huída a Checoslovaquia, encarcelada. Se va a Argentina, Italia y España donde rueda unas poca películas y mudanza a Austria donde se casó con un ginecólogo austríaco, Kurt Lundwall, veinte años mayor que ella. Para la Baarová todos sus maridos y amantes eran mucho mayores que ella. Seguro que sufría algún trauma de ese padre maltratador que tuvo. Antes de morir de Parkinson, como su madre y su hermana, sufrió alcoholismo y fue denostada allí donde se presentaba. Incluso en su última aparición cinematográfica en un teatro de Graz le tiraron huevos.

Lo que sí sabemos de Skorzeny, además de su apodo, *Caracortada*, por una gran cicatriz que le atravesaba el rostro fruto de una pelea de esgrima, fue que lideró la liberación de Mussolini en una remota colina de los montes Apeninos, en el norte de Italia, utilizando parapentes. El propio Hitler le encargo la liberación y él, al que los aliados llamaban el *soldado más peligroso de Hitler*.

Tras el suicidio de Hitler Skorzeny se rindió a los estadounidenses. Siendo como era muy hábil en toda negociación, consiguió, pese a todo, ser declarado inocente de crímenes de guerra en los juicios de Dachau de 1947. A la espera de un nuevo juicio tras los de Nüremberg se fugó de la cárcel con la ayuda de viejos colegas de las SS un año después. Skorzeny estaba condecorado por el propio Hitler quien le entregó el control de sus fuerzas especiales y le nombró teniente coronel de las temibles SS. Esto da idea de lo bien que estaba visto en las cúpulas nazis.

La fuga de la cárcel, según Raviv y Melman fue en realidad una acción asistida por la agencia predecesora de la CIA, la famosa *Oficina de Servicios Especiales*. Prueba de ello es que Skorzeny realizó algún trabajo para esta Oficina después de la guerra.

Aquí en España por fin me siento libre, puedo quitarme la máscara. Ya no tengo motivos para vivir en secreto le dijo a un periodista en una entrevista publicada por el *Daily Press* scis meses y medio después del contubernio en Toledo en el que estuvo junto al general Moscardó, León Degrelle, líder belga de las SS; Jean Bauverd, periodista suizo que trabajó para el Ministerio de Propaganda nazi, y organizador de la cita política y Vasilei Iassinki, uno de los líderes del movimiento fascista rumano conocido como *Guardia de Hierro*.

Skorzeny se ha asentado en Madrid. Está casado con Ilse Lüthje, su tercera esposa, emparentada con el antiguo banquero de Hitler, Hjalmar Schacht. Avanzaba la década de los 50 y fue firmando jugosos contratos, como el de la *RENFE* en 1952 por seis millones de dólares para la compra de acero. Y su papel de intermediario en negocios con empresas alemanas del metal le facilitó uno de los mejores clientes, el gobierno norteamericano.

Pero el negocio redondo llegó con un grupo de contratistas americanos, una especie de unión temporal de empresas, que se encargó de levantar en España las bases norteamericanas de Torrejón de Ardoz, Zaragoza, Rota y Morón. La buena sintonía con los norteamericanos fue la creación del *Grupo Paladín*, junto al excoronel americano James Sanders en 1970, dedicada a la seguridad privada para zonas en conflicto en distintos países. Allí desarrolla trabajos de asesor de los gobiernos de Argentina y Egipto, lo que termina abriéndole las puertas del Mossad. La única condición que puso para trabajar con el servicio secreto israelí es que fuese eliminado de la lista de posibles blancos del Mossad, lo que consiguió. Nunca, por tanto, cobró nada por estos trabajos. Ya lo hacía, y bien caro, con otros que realizaba en paralelo. *El Mossad*, decía presumiendo, *es de lo mejorcito que existe en el negocio*. Así era Skorzeny.

Murió, finalmente, en Madrid de un cáncer, en 1975 protegido por el régimen franquista.

Pues no sabe usted, *profe*, cómo me ha abierto los ojos. Nosotros, los más jóvenes, no tenemos mucha idea de que, en nuestro país, hubiera un momento donde estos monstruos se movían a su puñetera bola sin que el gobierno español dijera nada.

No te olvides, Lola, que el gobierno español, por aquellos entonces, era más de lo mismo que el propio Skorzeny.

Lola se despide, agradeciéndole su tiempo y su paciencia.

CAPÍTULO 19. El secuestro

Lola abandona el pabellón de la Facultad de Historia de la Complutense. Ha llegado, en su pequeño coche, hasta la Avenida Complutense. Allí gira y, al llegar a Farmacia, un coche grande, una furgoneta, la adelanta y se cruza de golpe obligándola a frenar para no estrellarse contra el otro vehículo. Dos hombres salen de cada una de las puertas traseras del coche cruzado y la extraen de su coche obligándola a entrar en la furgoneta de los secuestradores.

El coche de los secuestradores sale a escape. Parece mentira esos *bultos* de coche, que deben de pesar toneladas, la velocidad que pueden alcanzar en el momento del arranque. Varias personas se han quedado paralizadas viendo cómo Lola ha sido secuestrada. Algunas mujeres llaman al 016, el teléfono de la Violencia de Género. Ellas, al ver a dos hombres, llevarse a una mujer han pensado que podría ser por un motivo de género. Finalmente el 016 envía mensaje a la Policía que se presenta al momento en la dirección del secuestro.

Toman declaración a los testigos que se han mantenido presentes hasta la llegada policial pero a ninguno de ellos se les ha ocurrido tomar la matrícula. Los nervios, la rapidez de la acción, etc. les han atenazado y no han reaccionado a tiempo.

La policía da aviso por radio a la Dirección General de la Policía quien envía un mensaje a todos los coches policiales. Se busca una furgoneta negra, modelo Mercedes Benz modelo Vito. Ha huido en dirección a la A-6, carretera de La Coruña. Lleva en su interior, al menos tres personas y han secuestrado a una mujer, Dolores Pastrana. Rápidamente la Guardia Civil monta un control en las salidas de la A-6 pero, desgraciadamente, entre denunciar el secuestro y montar los controles se ha perdido un tiempo precioso. Los secuestradores estarán ya en el lugar que la retengan y a buen recaudo.

El director Jato ha escuchado el relato del policía a través de la radiofrecuencia de los automóviles. Ha empalidecido. Lola, la hermana pequeña de Catalina Pastrana. Sin perder un minuto llama a Pizarro. Este no lo coge y hace otro tanto con Catalina Pastrana. Catalina sí atiende la llamada. Calla y queda de una pieza. Jato cree que ha colgado.

Catalina, ¿sigues ahí? Tres segundo después Catalina contesta.

Sí, Jato. Aquí sigo. ¿Sabéis algo más? ¿Has llamado a José?

Sí, lo he hecho, pero no contesta. Seguro que ha dejado el teléfono en casa. Ya sabes cómo es para esto de las tecnologías.

Catalina agradece a Jato su llamada y le ruega que la mantenga al tanto de todo lo que acontezca. Catalina se disculpa con su secretario al que le da cuenta de la llamada de Jato.

Voy a salir. No sé cuándo podré volver. Voy a intentar contactar con José Pizarro. Tenme al tanto de todo lo que se escuche por aquí y mantén el *fuerte* a cubierto mientras yo regrese.

****

La furgoneta se detiene media hora después de haber cortado el paso a Lola y su pequeño coche. No tiene consciencia de la hora pero está segura de que no han pasado más de treinta minutos. El recorrido, pues, no pasará de algún pueblo de la sierra. Algún municipio cercano a la Universitaria. No pueden haberme llevado a Madrid porque el tráfico es distinto en ciudad que en carretera. Rápidamente Lola pasa lista de los pueblos que podrían estar a una distancia de media hora desde la Ciudad Universitaria. Todo lo más, piensa, Villalba o quizá Guadarrama. No creo que hayan podido ir más allá. Por otro lado, si han tomado otra carretera bien podrían haberse desplazado en dirección a El Escorial o a Collado Mediano. No creo que la zona esté mucho más alejada.

A Lola la han dejado en un cuarto oscuro. Un sótano. No han encendido la luz y la que entra por un pequeño ventanillo que está semiciego es una luz solar sin ningún tipo de obstáculos. Debe de tratarse de un chalet, piensa. La luz del sol, si hubiera pisos alrededor, no entraría tan directamente. Todas esas disquisiciones las va haciendo mientras espera que sus secuestradores quieran dar la cara. Ella, piensa, está tranquila. Esto lo ha visto en muchas películas. Dejan a la víctima sola para que el pánico se apodere de ellas. Pero con ella no van a poder…

****

Requena ha escuchado el mensaje del secuestro y se ha acercado hasta el bar *Vietnam* donde está reunido Pizarro con el *Sankris* y el resto de su comando.

Al ver aparece a Requena y que se acerca a él. Sabe que, de no pasar nada grave, no se atrevería a presentarse allí,

Es Lola, le dice Requena. La han secuestrado en la Ciudad Universitaria.

Es cierto. Me dijo que iba a ir allí a entrevistarse con un profesor. ¿Has dejado a Sobreviela marcando al agregado?

Afirmativo, jefe. Ese no se nos escapa.

Estoy seguro que es quien está en el ajo del secuestro.

Llama a Catalina. La pobre nos ha llamado varias veces para ver si sabíamos algo de ti. Está desesperada.

Gracias, Requena. Me dejas tu teléfono. El mío está en casa; sin batería.

Pizarro se pone en contacto con Catalina quien le grita, enfadada, por no llevar nunca el teléfono encima. Pizarro la deja que suelte todo lo que lleva dentro. Está seguro que, si suelta toda la tensión contra él, cuando recupere el ánimo podrán hablar sin miedo a enfados.

Tienes razón, Catalina. Es imperdonable, pero en mi descargo te diré que se había quedado sin batería. Yo no tengo la posibilidad de ponerlo a cargar en ningún sitio, pues estoy todo el día de la ceca a la meca. Pero tienes razón.

Catalina, más calmada, le pregunta qué es lo que va a hacer para encontrarla. Tenemos, dice, que movilizar a toda la policía para encontrarla lo antes posible.

La policía está en ello, Catalina. Reconozco que para ti, ahora, todo es poco, pero ten por seguro que ellos saben lo que hacen. En estos momentos tengo a Requena y Sobreviela vigilando al agregado. Ese es el responsable, tenlo por seguro.

¿Y no puedes hacer algo para recuperar a Lola?

Si nos dirigimos a él no va a soltar prenda y, quienes la tengan, si no reciben noticias del agregado se mosquearán y esto podría poner en peligro la vida de Lola. Por ahora, y hasta que consigan lo que quieren, no hay peligro.

¿Entonces…?

Vuelve a la Fiscalía y trata de hacer tu vida normal. Nosotros tenemos controlado tanto al agregado como al resto de la embajada. Por ese lado no hay que preocuparse. Tarde o temprano tendrá que ir al lugar donde la tengan retenida y ahí es donde actuaremos.

Gracias, José. Y perdona por mis modales.

Tranquila, mujer. Nadie tiene más ganas que yo de dar con ella.

****

Señorita Pastrana, ¿está usted cómoda?

Mucho. Estoy pensando en calificarles a ustedes con un 10 como huéspedes de *Airbnb*.

Me alegro de encontrarla tan irónica y despejada. A fin de cuentas es usted nuestra huésped especial.

Lo dicho, se está usted ganando el 10.

Verá, señorita Pastrana. Usted tiene algo que nos pertenece. Algo que es propiedad de la República de Alemania y que nos ha escamoteado.

No es cierto. Yo soy propietaria de una caja que he comprado y de la que tengo su factura. Por lo tanto yo no he escamoteado nada a nadie. Además, ¿es usted la República Alemana o es una persona que se está arrogando una representación que no tiene? De ser así le invito a que me denuncie ante la policía. Es lo más efectivo.

No me gusta mucho el humor, señorita. Eso lo dejo para los monologuistas del teatro y la televisión. Uste ha comprado algo que estaba robado. Una caja que contenía un documento que era de propiedad del gobierno alemán.

¿Del gobierno alemán del señor Steinmeier o del gobierno alemán del señor Hitler?

Del gobierno alemán, en cualquier caso. Verá usted, señorita Pizarro. Nosotros estamos dispuestos a comprar esa caja con el documento que la acompaña y estamos dispuestos a hacerle una oferta por la que recobrará, además de su dinero y una cantidad en efectivo que le restituya todo lo que haya gastado y, al paso, estamos dispuestos también a liberarla y olvidar lo que ha pasado hasta ahora.

Qué bien... ¿Y me darían también un par de invitaciones para el próximo concierto de Taylor Swift?

Mire, señorita. No estoy para más bromas. Si usted no entra en razón mis hombres no van a tener más remedio que darle a usted las pautas para que lo haga. No quisiera ser responsable de todo aquello que ellos saben muy bien qué hacer.

Mire señor agregado, porque es usted el señor agregado cultural de la embajada, ¿verdad?

Veo que no tenemos ya que andarnos con paños calientes. Así es. Soy el agregado cultural alemán.

Curioso carguito para quien, en realidad, es el responsable del servicio secreto en mi país.

Bueno, eso es algo que a usted le supera. No voy a entrar en detalles.

No importa, no lo haga. Pero le diré una cosa, herr Münsterberg-Oels, el documento al que usted alude no lo tengo yo. Lo están traduciendo y verificando si el papel, la tinta y por tanto, la autenticidad, pudiera formar parte de la vida de una mujer checoslovaca, Lída Baarová. Lo demás es música de violín. Yo no tengo mayor interés que el de asegurar que mi compra es autentica y, si me interesase, poder revenderla sacando, por tanto, un interés tendría en cuenta. su oferta pero, antes, quisiera asegurarme mi libertad, salir sin mácula de este atropello que ustedes han cometido y la seguridad de que, por ello, van a tener que pagar una cantidad mayor a la hora de hacerse con el documento.

Entonces, señorita Pastrana, tenemos un trato.

No, herr Münsterberg-Oels. No tenemos un trato porque yo sigo aquí, secuestrada y porque para que yo pueda entregarle el documento tendría que recuperarlo del Real Instituto Elcano, que es donde lo están estudiando.

Este teléfono que usted tiene en su poder tan solo puede recibir llamadas. Nunca hacer llamadas con él. Le vamos a poner el chip de su teléfono después de bloquear, naturalmente todos sus contactos. Cuando mis hombres reciban la llamada del Real Instituto se lo pasaremos para que hable con ellos y concite una entrevista para retirar el documento. Usted nos acompañará a retirar el documento y, una vez con él en nuestro poder, le pagaremos la cantidad que acordemos y la dejaremos ir.

¿Así de fácil, verdad? Y yo voy y me lo creo.

Es cierto que no tiene más remedio que aceptar y confiar en mi palabra. Le aseguro que siempre cumplo con ella.

Le voy a pedir una cosa tan solo. Venga usted aquí y hablemos cara a cara de las cantidades y de cómo me va a soltar. Solamente mirándole a los ojos sabré si usted me miente o no.

Lo haré, ya le digo que siempre cumplo con la palabra dada.

CAPÍTULO 20. La búsqueda de Lola

Lola ha sido muy hábil a la hora de la negociación. Ella sabe que Pizarro tiene localizado y con un fuerte seguimiento al agregado cultural. Si él se acerca hasta donde la tienen retenida Pizarro sabrá que es allí donde está retenida. Es solo cuestión de espera. No hay que ponerse nerviosa, se calma a sí misma.

Sus captores son muy jóvenes. Tres personas. Seguramente serán el conductor de la furgoneta y los dos que la abordaron. Le traen su primera comida; una sopa de sobre repugnante y pollo asado frío. Seguramente comprado en algún asador de un centro comercial. Tiene un fuerte sabor a pastilla de sabor. Alguna pastilla de *Gallina blanca* o *Starlux*. Su sabor le horroriza pero el hambre es peor que el sabor y se come todo. Le han dado un botellín de agua mineral para beber. Se niega a beber hasta que le entreguen un botellín sin abrir. No quiere darles la oportunidad de drogarla. Debe estar despierta el mayor tiempo posible.

No quiere que el sopor de después de la comida la invite a echarse una pequeña siesta. Los secuestradores no aparecen en el sótano hasta la hora de la cena. Durante toda la tarde han estado en el piso superior. Eso quiere decir que tienen órdenes de no molestarla ni compartir el más ligero roce. Tendrá miedo de que una mujer les pueda invitar con su juventud a perder la cabeza. ¡Hombres!, siempre tan predecibles, dice ella

✳✳✳✳

José ha ido a buscar a Catalina a la Fiscalía. Cuando salen Catalina está más tranquila. Ella sabe que Lola es especialista en buscarse líos. Siempre lo fue, pero también sabe que siempre salió con bien de ellos. José está muy atento con ella. Catalina sabe agradecer estos mimos. Sin ellos estaría perdida.

Han parado a comer en Küche junto a las antiguas caballerizas del Palacio de Liria y a escasos metros de la Torre de Madrid, donde Catalina tiene su apartamento. José ha saludado al entrar a un amigo que a Catalina se le hace conocida su cara. Tras volver Pizarro a la mesa le comenta que es Cayetano, el duque de Arjona e hijo de la duquesa de Alba.

Perdona, dice Catalina, no le ponía nombre. Y es debido a la preocupación por mi hermana.

Lo entiendo, dice Pizarro. Han tomado la comanda. Catalina, a lo largo del camino hacia su mesa, ha estado observando la preciosa e irrepetible colección de lámparas que cuelgan del techo. También los papeles pintados de detrás de la barra y de los cortinones que separan un comedor de otro ofreciendo una imagen más propia de un calido salón casero que de un restaurante. José ha pedido un lomo de vaca vieja y mientras traen la carne ha encargado una ensalada de burrata con nueces y perlas de trufa negra sencillamente magnífica. Como siempre el vino era excepcional. Como postre un tiramisú de pistacho y chocolate blanco que hizo las delicias de Catalina.

125

Qué lástima, dice. Lo que hubiera disfrutado Lola con un postre como este.

Estate tranquila. Me ha asegurado Cayetano que no van a cerrar el restaurante hasta que ella esté libre y podamos venir a repetir.

Gracias, le dice Catalina. No sé qué haría sin tu ayuda.

Pues seguramente volver la Fiscalía y el Cuerpo Superior de Policía hasta que encuentren a Lola. En realidad yo lo único que hago es entretenerte para que no lo hagas.

Catalina le besó agradecida por sus palabras.

****

Pizarro ha recuperado su teléfono con la suficiente cobertura para atender las posibles llamadas del *Sankris* y de sus ex compañeros de la Comisaría. Lo ha hecho tras acompañar a Catalina hasta la casa de Torrelodones, donde ahora viven. Catalina va a seguir desde allí los acontecimientos. Así se lo ha comunicado al Fiscal General, que ha puesto a su disposición toda la ayuda y el apoyo de la Fiscalía. El Fiscal General, con los acontecimientos que tiene encima por un quítame allá esas pajas denuncia por la filtración de una noticia a la prensa pero, pese a todo, le debe ese favor a Catalina la cual, nunca, ha dado un paso atrás en el trabajo.

¿Comisario?

¿Qué hay, Requena?

El agregado se mueve. Ha pedido el coche y está saliendo en dirección a la A-6. Le estamos siguiendo a bastante distancia. No obstante estás instalados puestos de seguimiento a lo largo de la carretera, cada veinte kilómetros. En coches supuestamente averiados y en motocicletas que circulan a escasa velocidad. No se nos va a escapar, tranquilo.

Estoy tranquilo, Requena. En quien mejor que en vosotros voy a confiar. Pero no os acerquéis demasiado. Si se mosquea puede dar la espantada y nos quedamos sin saber adónde se dirige.

Tranquilo. Los *verdes* tienen desplegados dos unidades con drones para hacer el seguimiento desde el aire. En ese aspecto los cabritos de ellos nos ganan, jefe. Habrá que hacer algo.

Pues díselo a tu director. Que yo ya no estoy en la fábrica.

Es verdad, siempre se me olvida.

Ha señalado con el intermitente un desvío. Lo voy a dejar en manos de Viqui que viene detrás en otro coche. Hay que evitar que nos identifiquen. A partir de ahora ella lleva la voz cantante. Adiós, jefe. Buena caza.

Cada día estás más en Stallone, Requena. Hasta luego, y gracias.

¿Me recibes, jefe?

Si Viqui. Alto y claro, que diría *Rambo* Requena.

Se ha desviado hacia Majadahonda. Va por la carretera de El Plantío. Le seguimos a corta distancia. Aquí es fácil que tuerza y le perdamos, pero no creo que lo consiga.

Un momento… Ha girado en la rotonda. Van hacia la derecha en dirección al Club Virgen de Iciar. Parece que van a parar. El conductor se ha bajado y el agregado se ha metido en un restaurante que hay enfrente. No veo desde aquí de cual se trata.

El Toque, Viqui. Tiene que ser El Toque.

Joder, jefe. No se te escapa una. ¿Te conoces todos los tugurios donde se come en Madrid?

No, precisamente los que conozco no son tugurios. Y El Toque menos. Es de un amigo. Yerno de los Billotti, mis amigos del molino de Cariño.

Voy a entrar a comer a su lado. No quiero perderme con quien come y qué habla. A ver si tengo suerte y hay una mesa próxima.

Haz una cosa. Pregunta por Lucas, o José Antonio. Diles que eres amiga de Maru Outeiriño. Verás como te da la mesa que quieras. Pero que no se te note que eres de la *pasma*.

Tranquilo, Jefe. Llevo uno de los modelitos llenos de *charmé* tan habituales en mí.

¡Ay, Dios mío! Estamos perdidos.

Tranquilo, bobo.

****

Está comiendo con dos tíos, jefe. Dos chavales jóvenes. Por la pinta tienen que ser alguien de un servicio de seguridad. Son los típicos calvorotas de gimnasio. Ya sabes… tatuajes, piercings y mucha testosterona. Han pedido el plato del día, jefe. Estos no deben de tener una perra.

No te fíes, Viqui. El menú del día de El Toque es de lo mejorcito de Madrid. ¿Qué has pedido?

Nada que me haga quedarme dormida. Un tartar de tomate, crema de aguacate, piparras y anchoa costera. Y de segundo una tortilla de puerros con gambas al ajillo.

Buena elección. Nada de vino, ¿eh?, que estás de servicio.

Pues ya lo siento. He visto pedir un vino de Cuenca que tenía una pinta fabulosa.

Oye, Viqui. Que digo que todo se pega.

Menos la hermosura.

Ya te digo. Hasta nos vas a salir una *sumiller* y todo.

Te dejo, jefe, que han pedido la cuenta.

∗∗∗∗

Requena, dice Pizarro por el intercomunicador del coche.

Dime jefe.

Tú sigue a los dos calvorotas con Sobreviela. Al agregado que le siga Viqui. Estoy seguro de que no va a visitar a Lola. Este se va a la embajada.

Requena arranca tras pasar un pequeño coche de alquiler. Es un coche zity, uno de esos alquileres de *carsharing flexible*.

No me lo *puedo de creer*, dice Sobreviela imitando a Higuero en sus cambios de palabras. ¿Adónde van estos dos payasos con un coche de dos colores y con la publicidad en la puerta? Como para despistarnos.

No te fíes. Ahora es bastante habitual ver este tipo de coches. Si te mueves por la zona norte de Madrid, como tienen allí las oficinas, te pueden confundir mezclándose con otros.

Tranquilo, jefe. Que para eso somos unas fieras.

129

Atención, dice Viqui. El agregado vuelve a la embajada. El coche se ha marchado. Es factible que pase aquí la tarde. Es el momento para el golpe de tu comando, comisario.

Déjate de comisario. Pongo en marcha al *Sankris.*

****

De su sede extraoficial en el bar Vietnam sale el "*comando*" del *Sankris*. Van *El Lupas*, *Yemas de Oro*, el *Ninchi* y *Sankris* que es quien manda la partida. Hay que verlos…

Han aparcado junto a la entrada del apartamento que el agregado cultural tiene junto a la embajada. *Sankris* siempre pendiente de la cuestión económica, se ha quedado junto al coche para dar el *agua* si aparece el agregado. También vigila por si viene la responsable de la zona verde para que no le multe. No ha puesto el papelito, claro, hay que ahorrar, le diría posteriormente a Pizarro.

El *Lupas* abre la puerta con su habitual seguridad y rapidez. Se diría que no hay puerta que se le resista. *Yemas de Oro* se frota los dedos que llevaba enguantados para evitar el frío. No hay mayor enemigo, se dice, para los pianistas y los ladrones de cajas fuertes, que el frío en los dedos. Saca las manos de los guantes y las frota fuertemente. A continuación echa el aliento sobre las yemas de sus dedos. Esas yemas que le han dado un nombre en el mundo de la delincuencia. Quien no hay oído hablar de *Yemas de Oro* o es un *pringao* o no ha conocido a lo mejor y más granado del lumpen.

El *Ninchi* vigila, atento, por la ventana. A la menor señal de *Sankris* la operación se suspende y cada uno debe salir por el lugar que le ha correspondido y que Pizarro les ha indicado en las reuniones del Vietnam, entre ración y ración de bravas y entre botellín y botellín.

La caja parece que se le resiste a *Yemas de Oro*. Vuelve al principio. Sigue soplándose los dedos.

Joder, *Yemas* estás *helao* o qué. ¿Quieres que te busque un secador de pelo para calentarte los *fingers*?

Calla, cojones. Que ya lo tengo.

Por fin ha sonado el *crack* que da paso a la apertura de la caja. El *Lupas* da un vistazo rápido, tal y como se lo ha dicho Pizarro que tiene que hacer, sin echar mano al resto de cosas que tenga. Tan solo le interesa la pistola. Tiene que coger la pistola y extraer un proyectil del cargador. Llevarse el proyectil y apuntar la marca y el modelo de la pistola. Nada más. Les ha avisado que, bajo ningún concepto, deben llevarse nada de la caja fuerte ni de la vivienda.

El *Ninchi* está babeando con una vecina que, al levantarse de la siesta, está haciendo gimnasia en pelota picada en la casa de enfrente. Mirad, *ninchis* cómo está la menda esa de enfrente.

Ninchi, ostias. Estate al tanto del *Sankris*, no vaya a ser que suba el alemán y nos joda.

En ese momento ve el *Ninchi* que el *Sankris* está moviendo los brazos como si se ahogara en la playa. Mira para el portal y descubre al agregado accediendo al portal. El *Ninchi* da la voz de alarma. *Yemas de Oro* se guarda el proyectil en el bolsillo y cierra la caja fuerte. Pone encima el cuadrito que la disimulaba. Cada uno sale por su lado. El *Ninchi* tiene que bajar por la escalera. *Yemas* y *El Lupas* suben a la terraza para saltar, posteriormente, de un edificio al otro. El salto es limpio, pues los dos edificios están pared con pared. El *Ninchi* lleva puesto un peto de *Mercadona* y una caja de frutas de la misma empresa. Se saca un *peta* del bolsillo de la chaquetilla y le pide, con un descaro sin par, fuego al agregado.

¿Tienes fuego, maestro?

¿Cómo dice?

Que si me dejas el mechero.

No fumo.

Claro, jefe. Tú serás más de darte un *tirito*, ¿verdad? Como os lo *montaís* los *barandas* del IBEX.

Usted es imbécil, ¿verdad?

Sí señor. Seguramente será cosa de la maría. Siempre me lo decían en mi *kely*, que *te se* va a vaciar la calavera con el hachis.

Marche de mi casa o llamo al Mercadona y pongo una queja de usted.

No me joda, jefe que tengo en casa a la parienta y seis *churumbeles* y comen como una lima nueva.

¡Fuera!, le grita el agregado saliéndose de sus casillas.

Putos drogadictos, le grita antes de entrar en su casa.

El *Ninchi* se parte de risa mientras baja, de tres en tres, los escalones. Al llegar al portal saca una cartera de su bolsillo. Se la ha *levantado* al agregado cultural sin que este se diera cuenta.

Trescientos pavos. No está mal, *pa'media* hora, dice.

Al llegar al bar Vietnam ya está Pizarro con su ronda de botellines y sus dos raciones de bravas esperando al *comando*.

¿Qué tal ha ido?

De *niquel*, jefe. El teutón ni se ha enterado. Aquí, el *Ninchi* que le ha hecho el lío pidiéndole fuego para un *canuto*. Menudo *globo* ha cogido el *menda*, dice mientras todos ríen. El *Lupas*, que para algo iba de líder, le entrega el proyectil y, tras los botellines, se marcha. Como decía Hannibal Smith, el de *El equipo A*, le encantaba que los planes salieran bien.

****

Pizarro ha entregado el proyectil al laboratorio de la policía nacional. Ahora se trata de comprobar que el proyectil es el mismo que se utilizó para el asesinato del falso Günter Lubitz, el *musculitos* asesinado y que fue encontrado en el Cerro de los locos, en la Dehesa de la Villa. Si el proyectil coincide el agregado deberá aclarar cómo es que esa arma está en su caja fuerte.

¿Tú crees, Pizarro, le dice Balo, que el juez nos dará el permiso de registro?

Si se lo pedimos al juez Martínez Yebra, seguro. Él es muy amigo de Catalina y no le puede negar eso. Máxime si le añadimos que Lola, su hermana, podría estar secuestrada por él.

CAPÍTULO 21. El rescate

Son las cinco de la mañana del día de los Santos Inocentes. Los miembros del *comando Sankris* se tomaron como una inocentada eso de madrugar.

Joder, *Sankris*, al menos, si nos van a hacer madrugar, podrían darnos de alta en la Seguridad Social. *Asín* de *matusalenes* podríamos cobrar pensión y bañarnos de gorra en *Binador*.

Se dice Benidorm, dice Higuero mosqueado porque alguien le arrebate el prurito de cambiar las palabras.

Bueno, actuamos como hemos dicho. El *Ninchi* y *Sankris* son los que entran. Hay que neutralizar a los dos guardianes pero sin provocar muertes. Lo digo sobre todo por ti, *Ninchi* que te entusiasmas y nos la lías. Esto no es un parque de atracciones ni un Paintball. ¿Entendido?

Ok, jefe, dice el *Sankris*. Del *Ninchi* respondo yo, dice.

Eso es lo que más miedo me da, Sankris, dice Pizarro sonriendo.

A las seis y media hay que estar en la puerta del chalet. El *Lupas* os abre la puerta y os metéis los dos en el chalé. Seguramente dormirá uno en la habitación y otro en el salón. No creo que sean tan *pringaos* como para dormir juntos como si fueran novios.

A las seis menos diez de la mañana han llegado a la misma puerta del chalet. Han aparcado el coche al principio de la calle. En el coche ha quedado *Yemas de Oro*. Hace tiempo que ya no conduce pero, para acercar el coche, todavía vale. No lo para por si luego no consigue arrancarlo. Por una de las aceras van el *Sankris* y el *Ninchi*, por la que da a la casa que van a abrir va *El Lupas*. El experto abre la puerta con una facilidad pasmosa. Entorna la misma y, con la mano, hace una seña a *Sankris* y al *Ninchi*. El primero se dirige a la habitación. Lleva una pequeña linterna de luz *led* azul que apenas alumbra pero que, en caso de estar despierto, no alertará al secuestrador. Está dormido como un bebé. Le hace una seña al *Ninchi* que está en el salón junto al otro secuestrador que está tumbado en el sofá.

A una señal de *Sankris* saltan sobre sus objetivos. En un segundo los han inmovilizado. A ello les ha ayudado el *Lupas* que lleva un par de rollos de cinta americana. Los atan de pies y manos y les cubren las bocas con la misma cinta. Los secuestradores no acaban de dar crédito a cómo les han podido sorprender. Piensan, por el aspecto de los asaltantes, que serán *yonkis* que buscan drogas o algo de valor para cambiarlas por sus dosis en la Cañada Real.

El *Ninchi* le grita a uno de ellos que pierde los estribos.

Que no me mires, cabrón. Que te saco los ojos con una cuchara. El *Ninchi* no es capaz de sacar los ojos ni a una cabecilla de cordero antes de asarla, pero sabe que una frase como esa, dicha a gritos, es capaz de helar la sangre al más bragado de los secuestradores.

Y tú, *gilí*. Mira *pal'otro lao* o te meto cuatro tiros con la *fusca* en la puta cabeza.

El *Ninchi* hace ademán de sacar una pistola imaginaria. En realidad su única arma es un destornillador de estrella enano que lleva para soltar la batería del móvil cuando se le vacía y tiene que cambiarla por otra que *apaña* a cualquier descuidado en el metro.

Lo importante, se dice no es la *fusca* o la *recortá*, sino la decisión a la hora de acojonar al enemigo.

Lupas da el *queo* a *Yemas de Oro* que acelera el coche. Desde el otro lado de la calle viene corriendo Pizarro. Lo primero que hace, antes de entran en la casa es ordenar que tapen los ojos a los secuestradores. No tienen que verle. A fin de cuentas ahora no es policía. Y su intervención podría traerle más problemas que ventajas. Una vez cegados los secuestradores baja al sótano. Allí le espera, alarmada por las voces, Lola que se abraza a él.

Menos mal, José, que has aparecido. Me da la sensación que hoy era el día en que iban a venir a por mí.

No te preocupes. Estaban marcados todos por mis hombres. Además había una fuerte colaboración policial y teníamos sus teléfonos intervenidos. Sabíamos en cada momento sus pasos. Al final no ha resultado tan difícil. Es lo que tiene la iniciativa privada que se interpone con los profesionales y acaban cerrando el negocio por derribo.

No sé a qué te refieres. Pero si es posible vámonos para casa. Estoy como loca por darme una ducha y desayunar como Dios manda.

¿Te han hecho algo?

Sí.

¿No me digas…?

Me han hecho una sopa con *Avecrém*.

Pizarro estalla en una carcajada. Eso podría ser motivo para que les apliquen la ley de Vagos y Maleantes. Hay que ser muy canalla para añadir *Avecrem* a cualquier guiso.

****

José ha dejado a Lola en casa con Catalina. Esta, contenta y muy enamorada quería comerse a besos a Pizarro.

Espera, Catalina. Deja algo para cuando estemos solos. Que hay ropa tendida, dice señalando a Lola.

Seréis viejos, dice ella. Daros el lote si queréis. Como si yo no estuviera. Ahora con esas vienen estos dos.

Pizarro se marcha tras desayunar. Ahora tiene que acudir, junto a Balo y Jato al registro de la casa del agregado cultural.

Cuando llega suben la escalera y pulsan, con total tranquilidad, el timbre de la puerta. Tarda un rato en abrir el agregado cultural.

Herr Münsterberg-Oels, traemos una orden judicial para registrar su domicilio.

¿Cómo? No saben que mi domicilio es inviolable. Tengo cargo de embajador y no pueden registrar mi domicilio.

Eso hágalo constar usted en su declaración ante el juez. Mientras tanto le rogamos nos permita pasar y hacer nuestro trabajo.

El agregado Münsterberg-Oels les franqueó el paso aludiendo a su condición de embajador de la república alemana.

Pondremos una queja ante el Ministerio de Exteriores de España. Han de saber que el ministro Albares en amigo mío. Su carrera en la policía, señores, ha acabado.

Muy bien. Seguro que en la embajada nos dan trabajo de guardaespaldas. Ahora tienen tres bajas después de haber liberado a Lola Pastrana, le dice Pizarro.

El agregado Münsterberg-Oels se queda petrificado. No sabe qué responder.

¿Qué, agregado, se ha quedado sin voz? Abra usted la caja fuerte, por favor.

El agregado abre la caja fuerte y la policía se incauta de la pistola y del cargador que tiene, además del que lleva puesto. Leen la documentación que encuentran dentro y ven una carta en la que le exhortan a recuperar la caja y el documento que lleva dentro y que está en poder de Lola Pastrana.

Vaya, herr Münsterberg-Oels. Acaba usted de ganar unas vacaciones en la playa de Alcalá-Meco a cuenta del Estado español. Así somos nosotros de desprendidos, dice Jato enseñándole la carta en su misma cara.

Pizarro se despide de sus ex compañeros y se marcha, junto al *Sankris* para recoger a Lola y a Catalina. José Pizarro quiere invitar al *Sankris* a comer por su comportamiento en la liberación de Lola.

No se *procupe* jefe. A mí con que me pague un par de *botijos* en el Vietnam y unas bravas ya voy *invitao* y agradecido.

No, *Sankris*. Hoy quiero invitarte a una buena comida. En un sitio que te va a gustar. El otro día decías que a ti no te gustan los locales que sirven poca comida en platos enormes. Hoy vamos a ir a uno de ellos y, si no cambias de opinión, me retiro para siempre.

Ni de coñas, maestro. Ahora que nos hemos hecho *coleguis* ni se lo ocurra retirarse.

Pizarro con las dos chicas y el *Sankris* han ido a comer a *La Tasquita de Enfrente*, en la calle de la Ballesta. Allí Pizarro ha encargado cuatro menús degustación. El *Sankris* al ver los primeros platos que le traían se partía de risa con las raciones.

De estos me como yo quince, jefe. Y sin pan.

Espera y verás...

Fueron apareciendo un carabinero en papillote, la oreja con salsa brava o la crema de tupinambo con trufa. Siguieron una infinidad de platos exquisitos que iban engordando al *Sankris*. Con los primeros ocho pases aún se mantuvo firme pero, al comenzar tres siguientes, acabó entregado a Pizarro.

¡Qué pasada, jefe!, tenías razón. Dan una mierda de ración pero como son tantas, acabas con la tripa como un botijo.

Dicho así, *Sankris*, le habrías convencido al inspector de Michelín. Seguro que quedaba encantado.

∗∗∗∗

Muchas gracias, *bro*, le dice Lola al *Sankris*.
Joe, jefe. Se enrolla la *pibita*, ¿eh?
Calla, *Sankris*. Y a la *pibita*, como tú dices, ni mirarla, ¿entendido? Tiene puesta la etiqueta de "reservado".
No seas borde, José. Que es muy majete. Además tiene mucho *flow*.
¿El *Sankris flow*? No te habrán dado un golpe en la cabeza, ¿verdad?, de lo contario no lo entiendo.
La he *molao*, Pizarro. Le he *molao* a la *guapi*.
Vámonos, Lola. Y tú *Sankris*, al Vietnam, y punto en boca. ¿Entendido?
Dabuten, jefe.

CAPÍTULO 22. No hay mal que por bien no venga

El juez Martínez Yebra ha citado a Catalina Pastrana en su despacho a las 10 de la mañana. Catalina no ha podido esperar a la hora de la cita y está esperándole en la secretaría del Juzgado desde las 9 de la mañana. A cada minuto se le acentúa más el enfado. Le ha llegado el rumor, que a estas horas ya es noticia, de que el juez ha dado su venía a un juzgado alemán para que el agregado Münsterberg-Oels sea juzgado en Alemania. ¡En Alemania!, se repite para sí mismo. Un país en el que está en ascenso el nazismo nuevamente. Allí le harán un paripé de juicio y lo soltaran con el agradecimiento de vaya usted a saber qué nuevo Reich.

La puerta del despacho del juez se cierra de golpe. El juez ha llegado. Catalina se levanta y sale hecha una furia en dirección al despacho. La secretaria judicial sale tras ella.

Señora fiscal, espere por favor. Tengo que anunciarla.

Catalina camina impávida sin hacer caso. Tras ella el tac-tac del taconeo de la secretaria. Cuando llega a la puerta abre sin llamar.

Lo siento señoría, yo…

No pasa nada, señora Fernández. Está todo bien.

Buenos días, Catalina, dice el juez amonestándola con la mirada. Has madrugado.

Más has madrugado tú para soltar al nazi, le recrimina.

He tenido que hacerlo. Catalina. Me han obligado desde Exteriores. No existía otra probabilidad menos penosa para tu interés.

¿Qué tipo de juez eres tú?

No, Catalina, esa no es la pregunta, sino ¿qué tipo de fiscal eres tú?, o ¿qué tipo de policía es Pizarro? Sabes que me habéis engañado, que habéis jugado con mi confianza en vosotros dos. El agregado conocía que habíais vulnerado su vivienda. La casa de un representante de otro país y lo habían hecho Pizarro y sus hombres. Si organizo una rueda de reconocimiento el conserje de la vivienda los reconoce uno por uno. ¿Quieres que todo eso se haga público? Por Dios, Catalina, no me pidas cuentas y, sobre todo, no te atrevas a juzgarme por mi decisión. No he tenido más remedio que entregar al juzgado alemán al asesino del falso Günter Lubitz. No obstante ello he llegado a un acuerdo con la judicatura alemana para que sea acusado de homicidio y condenado allí. Le he quitado de en medio de nuestras calles y tú me vienes pidiendo explicaciones…

Catalina se ha quedado muda. No podía prever que el juez le diera todo tipo de explicaciones y que estas fueran, como así ha resultado, una maniobra perfecta para dejar sin capacidad de reacción tanto a la policía española como a la judicatura alemana de cara a pedir explicaciones a Pizarro y al resto de asaltantes de la vivienda del agregado.

Es cierto, Juan. Perdóname. Venía obcecada con la marcha de Münsterberg-Oels y no había pensado en la barbaridad jurídica del asalto de Pizarro a su casa. El caso es que, de esta manera, ha sido posible liberar a Lola, mi hermana. Si tenemos que esperar a que la policía, con todos los permisos del mundo, se pusiera en marcha podría haber sido eliminada de un plumazo.

Es cierto, Catalina, y no te lo voy a reprochar. Yo, en tu lugar, o en el de José Pizarro, habría actuado de la misma forma. Pero no me obligues a tenerlo que poner por escrito porque eso no lo vas a conseguir.

Hemos logrado que el tal Münsterberg-Oels sea juzgado en Alemania y, al paso, y eso aún no te lo había dicho, alejarlo de nuestro país definitivamente. Ellos se han comprometido a que así sea. Por ahí, al menos, Lola no tiene nada que temer.

Pero nos queda el resto de la investigación, Catalina. Al parecer Lola tiene un documento, según me ha dicho el juez alemán, que pertenece a la República Alemana.

Bueno, no es así. Le pertenece a Lola, que es quien lo ha comprado de forma legal. Tiene su factura y la compra se realizó en una tienda legal de otro estado, el francés. Sí es cierto que la caja contenía un documento que todavía se está estudiando en el Real Instituto Elcano. Aún no le han dicho nada de lo descubierto pero, en cualquier caso, si la autoría determinase que el documento en sí pudiera ser reclamado como Bien Material de Alemania los cauces para recuperarlo están bien claros. No es precioso organizar una operación como la de la captura de Eichmann en Argentina para recuperarlo.

En esto tienes razón. ¿Cuándo crees que el Real Instituto tendrá la resolución de sus investigaciones?

Pues no lo sé de cierto, pero estimo que en esta semana deberían comunicarle algo.

En cuanto sepas lo que sea te ruego que me lo comuniques. Esta petición, Catalina, tiene carácter oficial. Te ruego que no utilicéis Pizarro o tú misma otro cauce sinuoso y que los resultados me sean comunicados de forma inmediata. ¿Entendido?

Perfectamente, señoría. ¿Alguna cosa más?

Nada. Bueno sí… Darte la enhorabuena por haber recuperado a Lola con bien. Y házsela extensiva a Pizarro. Tienes narices la cosa… Cada vez que pienso lo intrépido de su actuación.

Catalina se marchó sonriendo del despacho del juez. Estaba encantada con la actuación de Pizarro. Mira que colarse en el despacho de todo un agregado cultural de Alemania con aquel equipo del *Sankris* y su pandilla de golfos.

****

¿Señorita Pizarro?

Yo misma. ¿Con quién hablo?

Arno Bartusek, el investigador senior del Real Instituto Elcano, ¿me recuerda?

Cómo no hacerlo, señor Bartusek. Llevo casi toda una vida anhelando esta llamada. ¿Qué me puede decir de mi documento?

Pues nada y todo. Verá. El primer lugar decirle que la tinta y el papel son perfectamente compatibles

con el período histórico que estamos investigando.
La escritura podría, perfectamente, corresponder a
una mujer.

¿Eso se puede saber analizando la escritura?

Desde luego. Verá usted. Un equipo de
investigadores israelíes y estadounidenses empleó
un programa informático para predecir, basándose
en el análisis de la sintaxis y de las palabras clave,
si el autor de un texto determinado era hombre o
mujer. El estudio analizó más de quinientas obras
en inglés, tanto novelas como ensayos, y logró un
índice de aciertos del ochenta por ciento. En el
caso del alemán el porcentaje subía hasta casi el
noventa y cinco por ciento pero no sólo en el trazo
de la escritura. Las conclusiones del estudio
apuntaban en la dirección de que los hombres
hablan de objetos y las mujeres, de relaciones. El
estudio recoge pruebas convincentes de que
hombres y mujeres emplean estrategias distintas a
la hora de presentar la información y
especialmente al codificar la relación entre el autor
y el lector en el texto. Por lo tanto, y teniendo en
cuenta este estudio, podemos afirmar que el texto
ha sido escrito por una mujer.

O sea que se corresponde con que fuera Lída
Baarová quien lo escribió.

Ahí está el problema, señorita Pizarro. Al no tener
ningún patrón sobre la escritura de la actriz
checoslovaca no podemos afirmar que ella fuese la
autora. Es más, creemos que no lo pudo ser
porque la grafía gótica es muy difícil para alguien
que no esté versado en su uso.

Por lo tanto…

Por lo tanto creemos que, aunque el texto pudiera hacer referencia a la actriz no podemos asegurar que ese texto fuera escrito por ella. Esto, lo único que demuestra, es que el texto fue escrito por otra persona pero no desmiente que lo que resulta escrito sea distinto del fin que perseguía.

¿Y que era…?

Ahí está el quid de la cuestión, señorita Pizarro. El texto habla de un cierto diario que la señora Baarová está escribiendo, pero ni da noticia de él, ni de su localización ni, por supuesto, de qué trata ese supuesto diario.

¿Entonces?

Pues deja todo en el aire. Si alguien está interesado, como usted misma me dijo, de hacerse con ese documento es porque busca el diario de Baarová y lo busca porque lo que en él dice tiene una importancia básica para quien está interesado en encontrarla.

Muchas gracias, señor Bartusek. Pasaré esta misma tarde a por el informe.

CAPÍTULO 23. El diario de Lída

Luis de la Encina, el eléctrico que hizo amistad con Lída en Madrid, vive aún y está albergado en una residencia que la Comunidad de Madrid tiene en La Barranca, en las faldas de La Bola del Mundo y La Maliciosa, en la sierra, a la altura de Navacerrada. Luis de la Encina ha dado su permiso para que Lola Pastrana pueda entrevistarse con él. Luis está aún bastante lúcido. Al ver a Lola no puede sino presumir ante el resto de albergados de la juventud y belleza de su visita.

A ver, Luisito, si nos la presentas, le dicen algunos.

Presentárosla no, que me la quitáis. Eso sí, si nos vamos a pasar unos días al Caribe os escribiré una postal desde allí.

Si ya no hay postales, Luis, le dice una enfermera que está disfrutando con la novedad que, para los mayores, significa esta visita.

Buenos días, don Luis, le saluda Lola dándole la mano.

De don Luis, nada, querida. Y venga un par de besos para que rabien todos esos viejos.

Lola le besa y mira hacia los mayores que están sonriendo con malicia.

Usted dirá para qué ha pedido verme. No tengo ningún familiar y me extraña que nadie se preocupe por mí.

Pues ya ve usted que sí, Luis. Verá, el motivo de mi visita es que he estado reunida con un sobrino de una actriz ya fallecida, Emma Penella. Él me ha dado su nombre y, después de mucho buscar, he sabido que está aquí. El motivo de mi visita es preguntarle acerca de una persona que usted conoció mientras rodaba películas en su juventud. Se llamó Lída Baarová y, según me dijo el sobrino de Emma, participó junto a usted en algún rodaje.

Sí señora. Yo conocí a Lída rodando con Mur Oti. Era una mujer espléndida. Un bellezón, oiga. Mejorando lo presente, claro.

Claro, gracias, responde Lola.

Verá usted yo tuve mucho contacto con Lída. Ella vivía en aquel Madrid en el que quien no era espía era dudoso de serlo. Ella había perdido su vida en Alemania cuando estaba liada con un preboste nazi.

Goebbels, dice Lola.

Ese mismo. Se corrió el rumor de que estaba escribiendo una novela en la que rebelaba toda la mierda que conoció por aquellas fechas. Crímenes, envidias, delaciones, tramas y asesinatos. Especialmente el asesinato de muchas personas tan solo por ser judíos, o maricones… Perdón, ahora no se puede decir esto. Homosexuales quería decir, comunistas, gitanos y todo aquel que no fuera como ellos.

El caso es que Lída, que había participado en casi todas las fiestas de esa gente y que sabía por el borrachuzo de su amante casi todo lo que se cocía en aquel infierno, comenzó a relacionarlo en un documento para, en algún momento, tener un relato que la pusiese a salvo de lo que, más pronto que tarde, sería un ajuste de cuentas de los vencedores de la guerra. Ella sabía que, cuando perdiesen los alemanes, aquello iba a suponer una venganza a sangre y fuego de los aliados. Ella lo que buscaba, sobre todo, es clamar la verdad, que esa verdad, si no la cogía a ella, al menos que se supiera que con su participación no se llegó nunca a cometer ningún desmán.

No sabía, claro, que el conocimiento de que estaba escribiendo esa relación, podría ser su final fatal. Los grupos nazis y fascistas que por entonces pululaban por Madrid la perseguían. Ella decía que había lugares –*Chicote*, el *Lyon D'Or*, *Casa Ciri*aco, *Embassy*…- donde los espías y los prebostes nazis vivían más que en sus casas.

¿Tanto nazi había en Madrid?

Señorita. Si hasta el propio Himmler estuvo una tarde viendo una corrida de toros en Las Ventas desde el palco presidencial. Madrid era la pequeña Alemania y, al paso, la pequeña Inglaterra también.

El eso cosmos de dimes y diretes, de verdades sobreentendidas y de poner la oreja en cualquier lugar, vivían un montón de personas. No era extraño, por tanto, que se supiera de las intenciones de Lída de escribir un libro denunciando hechos y personas que, con la guerra perdida iban a ir a por ella.

¿Y escribió el libro?

Claro que lo escribió. Menuda era ella. Si algo era Lida era, sobre todo, terca y decidida. No se paró en miramientos. Terminó su libro y lo escondió para sacarlo en el momento en que la detuvieran o pudiera publicarlo sin que ello supusiera merma alguna para su libertad.

¿Y no sabrá, por un casual, dónde lo escondió, verdad?

¡Ah, señorita!, y si lo supiera tampoco se lo diría. A mi edad ya no me queda más obligación que llegar lo más sano posible a mi cita con la Parca. Y pienso hacerlo tal como viví; sin causar daño a nadie ni traicionar a ninguna persona. Lída confió en mí y, le aseguro, que aunque lo supiera tampoco se lo diría.

Pues lo siento enormemente. Mi intención era sacar a la luz lo que sufrió Lída. Hacerle justicia y que su nombre, que siempre se asocia al criminal de Goebbels, la vean como la persona que le sufrió, no como la persona que le amó. Porque creo que Lída, en realidad fue una más de las víctimas de ese criminal y del régimen que representaba.

Me parece una decisión valiente, señorita. Y además, si pudiera, colaboraría con usted. Pero ya le digo que no sé dónde podría estar escondido.

Lola se marchó desencantada con la visita. Si bien el eléctrico era un hombre de palabra y muy simpático, estaba segura de que sabía, perfectamente, la existencia del manuscrito y su localización.

CAPÍTULO 24. La supuesta traición

Antes de asaltar el poder definitivamente Hitler se deshizo de la que había sido su fuerza de choque, la *Sturmabteilung* Sección de Asalto o SA de las camisas pardas al mando del Jefe de Estado Mayor *Stabschef-SA*, Ernst Röhm en la denominada *Operación Colibrí*. La nueva jerarquía nazi, nacida de la adulación al líder, la conformaban Hermann Göring, Heinrich Himmler y Rudolf Hess. Las camisas pardas se sustituyeron por los uniformes negros diseñados por Hugo Boss. Los nuevos jerarcas señalaron, para eliminar obstáculos a su ascenso a Ernst Röhm, a quien acusaron de querer suplantar a Hitler y unas falsas denuncias sobre sus relaciones con Francois Poncet, por entonces embajador francés.

Tras una noche de copas y drogas Hitler entró, pistola en mano, en el dormitorio de Röhm acusándole de traidor. Le metieron en una celda y le acusaron de haber recibido doce millones de marcos de Francia. Rudolf Hess, mano derecha de Hitler, pidió matarle él personalmente, pero Hitler, siempre tan ladino, pensó que, de asesinarlo podría causarle un desprestigio y dejó su asesinato en *stand by*. Mientras, y como continuación a la *Operación Colibrí*, Goebbels y Göring pusieron en marcha el *Escuadrón de la muerte* en todo el país. Entre otros asesinaron al vicecanciller Herbert von Bose, al opositor Edgard Jung, a Erich Klausener, jefe Acción Católica y del departamento de policía del ministerio de interior prusiano. También murieron Gregor Strrasser, el que fuera presidente del NSDAP, Ritter von Kahr, antiguo rival de Hitler en Munich y tantos otros. Así comenzó la llamada *Noche de los cuchillos largos* que se llevó por delante a más de trescientos opositores al Führer.

Estas muertes y otras que la Historia no ha recogido fueron el caldo en el que se cocía, noche tras noche, las historias que Joseph Goebbels amenizaba las cenas a Lída Baarová. De estas historias contadas más por el calor del vino que por la remembranza de episodios cuarteleros fue de donde Lída fue engordando, noche a noche, su diario. Un diario del horror que ella mantenía a buen recaudo para que el *Reichminister* no pudiera descubrirlo.

Pero fue en la supuesta traición a Hitler de Rudolf Hess donde Goebbels se sintió más militante y denunció y manipuló al Führer con la espantada de Hess en su viaje a Escocia.

✳✳✳✳

Rudolf Hess conoció a Hitler en la prisión de Landsberg que compartían tras el fallido *Putsch de la Cervecería*, el germen del fallido golpe de estado, germen del ascenso del fascismo al poder. En esos nueve meses en que estuvieron presos Hitler dictó a Hess el tremendo *Mein Kampf*. Esta amistad se mantuvo hasta el vuelo de Hess a Escocia.

Hess fue nombrado lugarteniente, cargo que mantuvo hasta el mismo momento de la espantada aérea. Hess indujo a Hitler a valorar el concepto

Lebensraum o concepto vital por el que Alemania tenía derecho a conquistar por la fuerza territorios adicionales en Europa Oriental. Tras su libertad condicional Hitler nombró a Hess su secretario privado y acompañaba a Hitler en los discursos y manifestaciones por toda Alemania. Era, pues, una de las escasas personas que tenían acceso al líder sin pedir cita previa. A finales de 1932 fue nombrado comisionado político central del NSDAP.

Al año siguiente fue nombrado Hitler canciller del Reich, tres meses después nombró a Hess lugarteniente y, desde el 1 de diciembre, miembro del Gabinete como ministro sin cartera. De él dependían varios departamentos como Asuntos Exteriores, Finanzas, Salud, Educación y Asuntos Jurídicos, nada menos. No era exagerado afirmar que toda la legislatura pasaba por su mesa para su aprobación, excepto, la de policía, ejército y política exterior. Finalmente, en 1934, recibió el cargo de *Obergruppenfürer* en las SS, el segundo más alto en la organización paramilitar. Esto le ponía, por supuesto, por encima de todos los jerarcas nazis y, algunos, como Goebbels, no podían admitirlo fácilmente. Pero nadie era tan loco como para plantearlo abiertamente. Y de ahí surgían las continuas camarillas que creaban rumores y maledicencias en su contra.

Hitler, harto de sus obsesiones y de su hipocondría (era vegetariano, no fumaba, no bebía, llevaba su propia comida al *Berghof* alegando que era comida biodinámica) hicieron que el Führer dejara de compartir mesa con él.

****

Lída, cuando conoció a Hess, quedó prendada de su personalidad. Rudolf Hess era amante de la música y de la lectura. Pasaba su tiempo libre solo, caminando y llenándose de naturaleza. Nunca construyó una camarilla de seguradores. No buscó jamás un privilegio; no buscó poder o el prestigio personal, no se enriqueció con el régimen ya que seguía viviendo en una modesta casa en Munich. Se podría decir que, comparado con el resto de jerarcas, era una *rara avis*. Y eso, y no otra cosa, es lo que le llevó a tener un cariño especial por él.

Con el comienzo de la guerra Hess comenzó a perder poder. Hitler colocó a Hermann Göring por delante de él en la línea sucesoria y nombró al jefe de su gabinete, Martin Bormann, secretario privado. Bormann, mucho más interesado en la guerra, se valió de su puesto para apartar a Hess usurpando, en muchos casos, sus cargos. Hess, entonces, se decidió por atender los temas exteriores sobre los puramente militares. Eso hizo que llegase a contactar con distintos británicos de alto rango que le mostraron su preocupación por que Alemania se encontrase peleando en dos frentes distintos a medida que avanzaba la supuesta (él sólo había oído rumores sobre ello) Operación Barbarroja para invadir Rusia.

Albrecht Haushofer, el diplomático y escritor alemán, de gran prestigio que formó parte de la resistencia al nazismo, le sugirió varios contactos potenciales con los británicos. De entre ellos eligió

154

al comodoro Douglas-Hamilton, duque de Hamilton, pionero de la aviación británica. Haushofer escribió a Hamilton pero el MI5 interceptó la misiva y el duque no pudo verla.

****

Hess le contó a Lída durante una fiesta en honor a la conquista de Checoslovaquia que había decidido, por consejo de su esposa, continuar con su plan. Para ello puso en marcha su viejo Messerschmitt Bf 110, bimotor de dos plazas con la ayuda de su amigo el instructor Wilhelm Stör quien le fue presentado a Lída al final de la fiesta. Ambos tenían muy claro que el viaje de Hess podía ayudar al Reich a invadir Rusia contando con la ayuda británica.

CAPÍTULO 25. En la Comisaría de incógnito

Pizarro se ha reunido en la Comisaría con el director Jato y con el jefe Balo. Están también, su antigua mano derecha, Viqui del Castillo y el resto de sus hombres: José María Romero; Yagüe, el informático y Requena con su *siamés* Sobreviela. Antes ha saludado a Higuero, en la entrada. Como es habitual le ha soltado uno de sus juegos de palabras.

¿Qué tal, jefe, a ver a su *melitones*?

Conmilitones, Higuero, conmilitones.

Da igual, jefe. Yo me entiendo.

El jefe Balo informa a Pizarro de cómo se ha resuelto el asunto del agregado cultural. Le informa del acuerdo llegado con el juez Martínez Yebra y su homólogo alemán. Y se felicita porque el seguimiento y, en especial, la entrada en el edificio del agregado se hayan salvado sin que salga a la luz la ilegalidad de las mismas.

Demos gracias, le dice a Pizarro, de que nadie ha dicho nada que ponga en alerta a la prensa o a otro juzgado distinto del de Martínez Yebra. Hay que tener cuidado, les dice al resto, de no hablar con esto de nadie. Si levantamos la liebre nos puedan dar un tiro en el culo.

Tranquilo, jefe. Dice Pizarro. Esto se ha quedado ahí.

¿Estamos seguros con el *Sankris* y su banda?

Como de mí mismo. Eso sí, alguno está deseando que, en lo que les concierne, aflojemos un poco el lazo con su gente en San Cristóbal de los Ángeles.

Eso está hecho, dice Balo.

Tengo noticias para ti, comisario.

Ex. Ex comisario.

Llámalo como quieras. Son noticia de tu amigo el de arriba.

¿De Jesús?

Qué Jesús ni que Jesusa. De tu amigo ese que te dijo que sus amigos le llaman Fernando.

Anda, el ministro del Interior.

El mismo.

O sea, Jesús, como yo había supuesto.

Quieres, por favor, bajar el tono y quitar el pedal del acelerador. Que no te lleves bien con él no quiere decir que él piense lo mismo contigo. Me consta, porque así me lo ha dicho, en persona, que quiere que regreses al Cuerpo.

¡Campaaaaana y se acabó!

Calla, *Cicuta*. Y escúchame. En el interrogatorio al agregado Münsterberg-Oels ha salido a colación el nombre de Lola Pastrana, tu cuñada. Al parecer ciertos grupos que bien te puedes imaginar, están interesados en conocer, de primera mano, qué se trae tu cuñada preguntando por cierto legajo de una actriz checoslovaca de tiempos del III Reich.

Como sabes esta gente no se anda con chiquitas. Hemos detectado en la vigilancia de los lugares donde se mueven estos cachorros de cueros negros y mano en alto, una actividad mayor que en otras ocasiones. Tenemos metido en el grupo una *garganta profunda* y, al parecer, han hablado de tu cuñada. Te lo digo para que tengas cuidado. Y para que recapacites. Desde fuera te va a ser difícil conseguir nuestra colaboración mientras que desde dentro...

Además, aún te queda un año de excedencia y ya puedes volver sólo con pedirla.

Os lo agradezco en el alma, pero si esto es así lo más seguro es defenderse fuera del marco legal que hacerlo con el corsé de la legitimidad que da el cargo.

Lola va a seguir adelante. Si es que encuentra el manuscrito, y yo voy a darle la cobertura precisa para que lo haga y presente su tesis sobre este asunto. Podéis decirle al ministro que, el primer día en que él abandone el cargo, yo mismo pediré la reentrada sin dilaciones.

¿Ves lo que te decía?, le dice Balo a Jato. Este Pizarro es más terco que la mula Francis. ¿De qué te ríes?

Me río de la cara que se te ha puesto. ¿Es que no esperabas algo así continuando el ministro en el cargo?

Pues sí, la verdad. Pero me jode mucho perder a Pizarro.

No te quejes. Sabes que lo tenemos a nuestro lado y, además, con la ventaja que da el destape del corsé que nos ha dicho. ¿Tú crees que habríamos podido dar con la secuestrada sin la ayuda del batallón del *Sankris*?

Calla, calla... No me lo recuerdes.

CAPÍTULO 26. Y el manuscrito apareció

Lola recibe una llamada en el teléfono móvil. La voz de su interlocutor es la de un hombre mayor. Apenas se le entiende y tiene que hacerle repetir, hasta en tres ocasiones, quien es y para que llama.

Soy Germán Arteta, compañero de Luis de la Encina en la residencia de ancianos de La Barranca.

Ah, sí. Dígame. ¿Le ha pasado algo a Luis?

Luis se ha suicidado.

¿Cómo?

Ha saltado desde el tercer piso y se matado.

¿Está usted seguro? Yo, cuando hablé con él era un hombre feliz. Además no se le veía preocupado ni por enfermedades ni por soledades.

Luis era un tipo cojonudo, dice Germán. No se ha suicidado. Eso se lo puedo decir yo, que para algo fui policía e investigador privado.

No me diga que usted es el famoso Germán Arteta, el jefe de *El Moro*. Calle, señorita, no me recuerde al *Moro* que al final me hizo la pirula, el muy cabrón.

Pues dígame que es lo que necesita, don Germán.

Yo no necesito nada. Pero estoy seguro que al Luisito se lo han cargado. Ayer mismo, antes de pasar lo de Luisito vinieron dos tipos a los que sólo les faltaba la cruz gamada grabada en la calva. Estuvieron pululando por aquí, con una maleta el uno y con una carpeta con papeles el otro. Dijeron que eran empleados de Iberdrola y que venían a ver los diferenciales de la residencia. Ahora con esto del incendio de la residencia de Zaragoza están como pollos sin cabeza.

El caso es que mientras estaba uno de ellos cargando las herramientas en la furgoneta Luisito saltó al vacío, si hacemos caso a la policía. Pero el otro calvo no estaba a mano. Luego, cuando todos estábamos arremolinados en el porche, apareció tras la residencia como si hubiera bajado del último piso y hubiera abandonado la residencia por la ventana trasera. Me jugaría mi mechero de oro a que venía de empujar a Luisito.

¡Qué horror!, pero esto que me está diciendo se lo habrá contado a la policía, ¿verdad?

Sí, hombre, para que el siguiente sea yo. Ni pensar. Con esta gente, cuanto más lejos mejor.

¿Y para qué me llama pues?

Por dos cosas. Luisito y yo, cuando usted se fue, estuvimos hablando yo estoy al tanto por un sobrino mío, de cierto acción que la panda de mi sobrino y un tal Pizarro han hecho en la embajada de Alemania.

¿Y cómo sabe usted eso?

Pues por el bocazas de mi sobrino. Por quien si no podría saberlo. El caso es que hilamos y llegamos a la conclusión de que si usted estaba buscando ese documento que me contó Luisito, seguro es que tendría que ver con alguien de la embajada. Luego supe, también por la misma voz *autorizada* que en realidad el comando actuó para liberarla a usted de un secuestro. El caso es que llegamos a la conclusión de que la secuestraron a usted porque busca ese manuscrito. ¿Es así, o Arteta está chocho?

No, señor Arteta. El que tuvo, mantuvo…
Y guardó para la vejez. Ahora dígame, está usted dispuesta, si consigue el manuscrito a seguir adelante con la idea de denunciar todo lo que la actriz aquella sufrió.
Por supuesto. Pero el manuscrito, según me dijo don Luis está perdido o depositado en algún sitio que él desconoce.
Ja, señorita. Qué ilusos llegan a ser ustedes los jóvenes. Los viejos, llegados a un tiempo, solo dicen verdad cuando mienten. Luisito tiene el manuscrito y lo tiene en un sitio de imposible recuperación salvo que, como es mi caso, sepa dónde está.
Y ahora seguro de que me lo va a decir a mí, ¿es cierto?
Así es. Pero no por teléfono. Se lo diré de palabra, pero fuera de la residencia. Yo creo que la tienen vigilada.
¿Dónde le parece bien que podíamos quedar?
¿Conoce usted Cercedilla?
Sí, claro.
Pues hay una chocolatería y churrería, *La Ventana*, en ella es fácil confundirse sin que te acose nadie. Si a usted le parece podría acudir a ella con su amigo Pizarro el próximo sábado. Me dijo mi sobrino que este hombre es serio y muy capaz. Siento no haberle conocido de mi etapa en la político-social.
Yo se lo diré y seguro que aparece. Por cierto, y perdone usted mi curiosidad, ¿pero quién es su sobrino?

Uno al que le dicen el *Sankris*, porque vive en San Cristóbal.

¡Anda!, no me diga. Claro que le conozco. Es muy majo.

No se deje usted engañar. Es un pinta al que no se le puede dar la mano sin que se tome el codo también. Aléjese de él señorita. Es un encantador de serpientes, es cierto, pero también tiene un punto canalla que siempre le conduce a todos los líos. Hágame caso.

Muchas gracias, señor Arteta. Y hasta el sábado.

CAPÍTULO 27. **El vuelo de Hess**

El sábado 10 de mayo de 1941, la primavera ha hecho su aparición mostrándose en su punto álgido. Las margaritas que rodean el jardín de su vivienda están plenas de blancas flores. Se despide de su mujer, Ilse, en el salón de su modesta vivienda en Munich. Se ha vestido con su uniforme azul grisaceo de la Lutwaffe, camisa azul, corbata azul oscuro y botas altas bien lustradas. Va camino del aeródromo de Augsburgo y, posteriormente, según le confiesa a su esposa a Berlín. Es una pequeña mentira piadosa por si las SS o la Gestapo vienen en su busca.

¿Cuándo vuelves, le pregunta Ilse?

No lo sé muy bien, quizá mañana. Como muy tarde el lunes.

Llega al aeródromo de Ausburgo listo para volar hasta el Reino Unido. Ha mandado instalar dos depósitos adicionales de combustible, lo que le da una capacidad extra de 1800 litros suficiente, piensa, para recorrer cerca de 2.500 kilómetros.

Son las 17,30 horas y el sol está declinando. El día ha sido precioso y no hay ni una sola nube en el horizonte. La noche le llegará sobrevolando el Canal. Enciende los dos motores con un estruendo terrible. Pide permiso a la torre de control. La torre le concede el permiso y el bimotor comienza a deslizarse por la fresca hierba de algo más de un kilómetro de la pista. Mira el reloj de pulsera, un *Patek Philippe*, regalo de Ilse por su compromiso. Son las 17,45. Tira con suavidad de la palanca de mando y el bimotor se eleva lentamente. Allá vamos, piensa. De aquí a *Dungavel House*, la victoriana residencia del duque de Hamilton al sur de Glasgow será un paseo.

Mientras navega el limpio cielo piensa en lo que puede ocurrir cuando arribe al Reino Unido. Se ha producido, recientemente, la fracasada Batalla de Inglaterra y los radares ingleses y los puestos de avistamiento darán, enseguida, cuenta de su presencia. Por ello debe arribar a Glasgow desde St. Andrews, al norte de Edimburgo y de allí a Glasgow vía Sitling. Está anocheciendo, como preveía, sobre el Canal. Llegará a territorio escocés sobre las 22,30 y tratará de localizar, en la oscuridad del territorio el lugar planeado para aterrizar; cera de *Dungavel House*, la finca-castillo del comodoro Hamilton.

El plan es dejar que el avión se estrelle y el aterrice en un paracaídas.

David McLean, un campesino que ha salido a buscar de madrugada un ternero que no ha regresado a la granja queda sorprendido cuando ve estrellarse un avión a doscientos metros de su casa y cómo un paracaidista caía en los límites de sus propiedades. Más sorprendido debió quedarse todavía al descubrir que el piloto era alemán. Aquel hombre extraño, perfectamente uniformado le hablaba en un correctísimo inglés y, con una educación digna del mismo comodoro Halmilton, le tendía la mano y le agradecía la ayuda. David McLean, correcto conforme a la hospitalidad británica le invitar a pasar a su casa y le ofrece un té que, a estas destempladas horas de la amanecida, le templan al alemán el cuerpo y el alma. El alemán declinó la bebida pues jamás ha bebido y se conforma con un poco de agua. Mientras David McLean telefonea a las autoridades cercanas Hess conversa amistosamente con la familia McLean, se muestra agradable en cada instante y se revela como un excelente invitado ocasional. La última sorpresa para el anfitrión, la bomba definitiva es cuando revela de su nombre; Rudolf Hess, y el descubrimiento de quién era: el lugarteniente de Hitler. McLean hace lo que se supone que debía de hacer cualquier británico patriota: llama a la *Police* y dice que sobre sus terrenos se ha estrellado un avión alemán y el piloto ha aterrizado en un paracaídas. Dice que está retenido en su casa pero, en ningún momento dice de quien se trata.

Cuando Hess es trasladado a la comisaría se descubre todo el pastel. Llaman al comodoro y este hace que lo lleven a su residencia. Desde ella se telefonea a Churchill. Nadie sabe la reacción del *premier* británico. Se trata, le dicen, de Rudolph Hess. Churchill mira a su interlocutor. Está a punto de comenzar *Los hermanos Marx en el Oeste*, una película por la que siente devoción.

¿Me está diciendo usted que el vice-Führer de Alemania está en nuestras manos? ¡Bien, sea o no sea Hess, yo ahora voy a ver a los hermanos Marx! La noticia corre como la pólvora. En Berlín no dan crédito a lo comentado por la radio. En seguida saben que el vice-Führer, ha escapado de Alemania y se ha refugiado en Inglaterra. El mensaje oficial lo tilda de loco junto a los deseos del Führer de que haya caído al mar. Hitler da las

órdenes oportunas para que nadie diga o haga nada que recuerde a Hess, como si nunca hubiera existido.

Este hombre, dicen los políticos que rodean al primer ministro, se ha vuelto loco. Winston Churchill les recuerda que Hess tenía la plena confianza de Hitler, siendo uno de los pocos hombres *"capaces de comprender los pensamientos más íntimos de Hitler, su odio hacia la Rusia soviética, su deseo de acabar con el bolchevismo, su admiración por Gran Bretaña y su sincero deseo de establecer una relación amistosa con el Imperio Británico. Nadie conocía a Hitler mejor"*.

Pero Hess pretende conseguir la paz anglo-germana y la unión de los británicos y alemanes contra Rusia. Ofrece a Inglaterra un *entente* en el que las fuerzas de influencia de la Nueva Europa serán para Alemania en Europa y para Gran Bretaña en su imperio, con la excepción de las antiguas colonias alemanas.

Rusia sería incluida en Asia y perdería todo contacto con Europa. Ofrecía, también, un armisticio seguido de un tratado de paz tripartito que incluyera, también, a Italia.

Hess pretende que Hamilton le conduzca ante Churchill y ante el rey Jorge, con la esperanza de conseguir la paz anglo-germana y la unión de británicos y alemanes contra Rusia. Pero es tachado de criminal de guerra y es recluido por las autoridades británicas en la *Torre de Londres* hasta el fin del conflicto.

Acusado de *crímenes contra la paz*, Hess es condenado a cadena perpetua. Único preso en la cárcel de Spandau desde 1966, se ahorca en 1987 a los 93 años y su cadáver es incinerado para evitar que su tumba se convierta en una feria fascista con el tiempo.

Hess no era sino un peón de Hitler, sino el mensajero de un tratado de paz detallado en el que ofrecía la retirada de Alemania de Europa Occidental a cambio de que Gran Bretaña se declarase neutral ante el inminente ataque que planeaba acometer sobre Rusia.

Para Lída, en sus conclusiones, Hess sufrió una encerrona por parte de la nomenclatura nazi. Hitler, tras conocer que Hess había sido detenido apareció iracundo y echando pestes. Lo desposeyó de todos sus títulos, cargos y honores y difundió una de sus habituales maldades: estaba trastornado.

Lída no le da crédito a este ataque de furia de Hitler. Para ella, y tras conversar con Goebbels, Hess no hizo sino aquello que se le mandó hacer.

¿A qué fue, entonces Hess? Para Lída todo fue una estrategia de los servicios secretos británicos. Estos desarrollaron un plan, al mismo tiempo que ideaban otros para eliminar a Hitler, para convencer al entorno más alto del Tercer Reich de que en su país existía una facción activa a favor de la paz (pero eso sí, con tintes antisemitas, lo que suponía para un alma como la del Fhürer y el propio directorio alemán todo un aliciente). Mandaron noticias falsas sobre la creación de un nuevo partido político partidario de dar fin a la guerra abierta entre las dos naciones y entablar de nuevo buenas relaciones basadas, sobre todo, en la eliminación del pueblo judío. Difundieron que este partido contaba con un enorme respaldo popular y trataron de convencer a varios oficiales superiores de las SS. Los Servicios Secretos británicos filtraron también el rumor que el Gobierno inglés se mostraría receptivo a unas negociaciones si Hitler se aviniera a un encuentro y que el contacto para que saliera hacia adelante esta carta diplomática era el duque de Hamilton, que se mostró alineado con Berlín y que residía en *Dungavel House*, Escocia, que es hacia donde se dirigía Hess antes de saltar de su avión.

Lo que nadie podía prever es que semejante delirio se lo acabara creyendo Hitler y que, además, fuera su lugarteniente quien, casi sin dudarlo, se embarcara en esa odisea.

Lo que sí es cierto, concluye Lída, es que Hess, uno de los grandes asesinos del régimen, no fue condenado a muerte, como el resto de sus compañeros de camada. Y no lo fue porque, previamente, pasó el tiempo preciso en manos de la inteligencia británica que logró sacarle la información detallada al único hombre que conocía todo sobre Hitler, sus planes y los de su cadena de mando.

CAPÍTULO 28. El fin del misterio

Acaba de estrenarse el año. En algunas localidades grupos de familias acompañados de sus niños salen a las calles para acudir a las Cabalgatas de Reyes. Ya no se escuchan, como antes, panderetas y panderos. Menos aún las zambombas. Ahora, si acaso, algún artefacto eléctrico, algún muchacho gritando con un altavoz portátil como el que lleva la Policía. De entre la algarabía de la cabalgata suenan villancicos, sí; pero también suena la música de *Camela*. ¿Qué tendrán estos de Camela que siempre suenan en los autos de choque, en las ferias de los pueblos, en las tómbolas y en los sitios más ruidosos y cutres?

Lola ha estado leyendo, por segunda vez, el manuscrito de Lída. El manuscrito, finalmente, lo tenía Arteta en una vieja y destartalada taquilla retirada de la residencia y que estaba en un almacén. ¿A quién se le ocurriría buscar en esa vieja taquilla el documento? Arteta sabía lo que se hacía.

Pizarro ha estado acompañando a Lola mientras ha realizado las dos lecturas del manuscrito. Ella ha leído la segunda vez en voz alta y Pizarro tiene la seguridad de que el relato no está escrito por la propia mano de su autora sino que, por algunos giros, este parece un dictado. Podría ser que o bien Lída ya no estuviera en condiciones de escribir y lo dictase a alguien o, por el contrario, es una historia inventada y novelada.

Lola cree, sin embargo, que la historia es bastante creíble. Han revisado distintos libros sobre el vuelo de Hess a Glasgow y, aunque hay distintas y desparejadas valoraciones del mismo, el horario, el día y los actores parece ser una constante con la verosimilitud del relato. De cualquier forma ahora no se trata de averiguar si Hess traicionó al régimen, o si fue el régimen quien traicionó a Hess o, lo que sería más factible, si fueron los británicos quienes traicionaron a todos. Es política, se dice Lola, y en política todo vale.

Tú, Lola, le dice Pizarro, estás obsesionada con la historia de Lída Baarová pero, en lo que a mí respecta, lo único que me interesa es por qué los alemanes, con el agregado cultural al frente, están tan interesados en recuperar este manuscrito, la dichosa caja que compraste en Francia y el documento ese que han traducido en el Real Instituto Elcano.

Pues ya ves, José. Cosas que no llegamos a vislumbrar pero, que de bien seguro, está entre estas páginas.

Es cierto que si analizas lo escrito por la Baarová no aparece nada que ponga en entredicho o pueda suponer ningún tipo de amenaza para los intereses del régimen fascista o de sus herederos.

Salvo, claro, que no sepamos qué es lo que están buscando. En ese caso tendríamos que tener más claro qué es lo que buscan. Porque algo, desde luego buscan, de lo contrario ni te habrían secuestrado, ni se habrían cargado a *musculitos*. Por no hablar, naturalmente, de la detención del agregado.

En fin, Lola. Que yo creo que es hora de dejar el manuscrito por ahora. Tu hermana está al llegar y tenemos que hacer la cena.

¿Qué nos vas a hacer de cena?

Veremos. Lo mejor de la cocina es abrir el frigo y dar un par de vueltas al producto que tengas guardado. Nada extraordinario, desde luego, pero algo rico. Tú recoge esto y vete poniendo la mesa. Cuando llegue tu hermana quiero que no tenga que hacer absolutamente nada.

Si tienes un primo de mi edad, José, me gustaría que me lo presentaras. Estoy dispuesta a entregarme a ojos cerrados a quien me cuide como le cuidas tú a Catalina.

No es mérito mío, sino de ella.

¿Ves lo que te digo? Por cierto. Igual viene un amigo mío a buscarme. Vamos a salir. Por si acaso, y si no te importa, haz la cena para cuatro.

Como quieras. Pero no vuelvas tarde. Ya sabes que después de lo ocurrido con los alemanes no estamos tranquilos sabiendo que estás por ahí.

Tranquilos. Mi amigo es un tío decidido y, si se les ocurre aparecer él sabrá defenderme.

Hummm. En fin, tú sabrás. No seré yo quien haga de papá malo. Para eso está tu hermana que es la que te sacó adelante cuando fallecieron tus padres.

****

Catalina ha llegado a casa muy cansada. Está inmersa en un caso de corrupción entre políticos. Al parecer a uno de ellos le han pillado con un asesor *aizkolari* y las manos en la masa. El lío que se ha armado ha llegado hasta a su jefe, el Fiscal General.

Estamos en la Fiscalía como pollos sin cabeza, todo el día corriendo de un lado para el otro. Menos mal que a mí todo esto me pilla lejos.

¿Y tiene visos de verosimilitud?

Pues ya sabes lo que dice el refrán del río que suena. Además con esta casta a la que, dicen, les repugna la casta suele ser los primeros en caer en el vicio que dicen odiar. Es ver un piso con un ático chulo en Chamberí; un apartamento en la Castellana o un estudio en una playa levantina para su churri y pierden el oremus. Pero vamos, nada que nos pueda, en este momento de la partida, extrañar.

Ha sonado el interfono en la cocina y Pizarro lo descuelga. Es el vigilante jurado que está en la garita de la entrada a la urbanización.

Buenas noches, don José. Tiene una visita.

¿Una visita, y ahora?

Sí, dice Lola. Será mi amigo, el que viene a recogerme.

Ah, sí. Le dice José. Viene a buscar a mi cuñada. Que pase.

José termina de preparar la cena. Una ensalada de rodajas de tomate y unas lascas preciosas de ventresca de atún cocida con cebolla y bolitas de pimienta negra. La ventresca está jugosa, se suelta en láminas perfectas que Pizarro va colocando sobre las gruesas y jugosas rodajas de rojo tomate de los invernaderos de Almería. Ahora, en invierno, el tomate no sabe a lo que sabe el tomate de verano. Ese tomate de Mutriku que tanto añora Pizarro. Un tomate criado en las laderas de Santa Bata, junto al predio del barón de San Nicolás. Un tomate que, con la salinidad que le aporta la brisa marina del Cantábrico le hace único de sabor y terneza.

Pero tampoco hay que desdeñar el tomate de invierno, se dice. Este Raf, libre del hongo Fusarium, ha conseguido que los amantes del tomate podamos tomarlo en invierno sin excesiva acidez y con un sabor bastante conseguido. Poca gente conoce, les dice a Catalina y Lola que las siglas RAF hacen referencia precisamente a eso: Resistencia al Fusarium.

Pero solo se cultivan en el Cabo de Gata, ¿no?

No. Ya no. Aunque los de allí, como son estos, son especialmente sabrosos, aunque feos en su aspecto, debido al riego abundante y la salinidad del terreno, además, naturalmente, de su clima suave durante el invierno.

No sé cómo lo consigues, dice Lola, que a mí que nunca me importó lo que comía ahora, antes de meterme nada en la boca, lo analizo y lo disfruto mucho más.

A eso se le llama, mi querida niña, gastronomía. Ya sé que es un término que para algunos miembros de la generación *milenial* os puede parecer una cosa de moñas pero, al final, cuando cambias del burguer al solomillo notas la diferencia.

Tampoco te pases, cuñado. Una buena hamburguesa no tiene por qué ser una basura como las de las franquicias norteamericanas.

Cierto. A eso también se le llama gastronomía, Lola. El corte a cuchillo, la elección de lo más mollar de la pieza de carne, su mezcla ligera con grasa… En fin. Y abre la puerta, me parece que tu paseante ya ha llegado. Sentaos a la mesa que voy sacando la ensalada y los huevos rotos con jamón.

Cuando Pizarro abre la puerta de la cocina y se encuentra a la visita de Lola sentado a la mesa casi le da un *parraque*. El propio *Sankris* en cuerpo y alma. Eso sí, algo cambiado. Ha dejado el casa la gorrita de visera y se ha cambiado los pantalones de rapero caídos y con medio culo al aire por unos vaqueros que conocieron mejores tiempos. Rotos por las rodillas que asoman por una especie de ventanas de respiración y desgastados de tanto lavarlos. Una camiseta que dice *Pan Bendito, patria del Langui*, y unas zapatillas altas, sin atar que parece que son un par de números más grandes que las que en realidad debería calzar.

¿Qué haces aquí, *Sankris*?

Ya ve, jefe. Aquí la *guapi* que me ha invitado a cenar. Yo la le he dicho que no estoy hecho a las mierdas esas tan finas que hace usted pero como ha insistido…

A ver, *Sankris*, de todos los hombres que esperaba que vinieran a buscar a Lola el que menos me apetecía ver es a ti. Pero menos todavía si llamas mierdas a esta ensalada y estos huevos estrellados con jamón de Jabugo con más jota que un aragonés por El Pilar.

Tranqui, jefe. Que vengo en *sol* de paz.

Joder, y encima parece el Higuero con el cambio de palabras.

Lola y Catalina se han echado a reír. El *Sankris* tiene la habilidad de sacar de sus casillas a Pizarro pero, en el fondo, Pizarro le tiene en mucha estima. Sabe que se dejaría el alma por cuidar de Lola, como se la deja por cuidar al *Ninchi* y al resto de sus colegas. El *Sankris* es de este tipo de personas que, sin saber qué significa la palabra lealtad, lo es más que un perro lazarillo.

Dabuten, jefe. Le han salido los huevos igual que al Nemesio, el del Vietnam, dice. Aunque el *Neme* los saca más oscuros y con puntilla.

Gracias, *Sankris,* aunque no por el piropo sí por saber diferenciar entre estos y aquellos. Estos están fritos con aceite de oliva virgen extra. Un aceite limpio, sin reutilizar, y el oscuro del *Neme* es porque tienen más frituras que la freidora de *La casa de los calamares* a final de un sábado y la puntilla es porque no los pone estrellados. Para eso es mejor que estén poco fritos, para que la yema, casi líquida, empape las patatas.

Lo que yo decía, jefe. *Dabuten*.

Para que luego digas, le dice Lola. Hasta el *Sankris* va a alabar tu cocina.

No sé si eso es un halago o pitorreo, dice Pizarro, levantando los platos de la mesa y yendo a la cocina a por el postre.

Un plato de quesos y carne de membrillo.

¡Qué bueno, dice Lola! Con lo que me gusta esta combinación.

Espera. Voy a traer también unas uvas y unas nueces. Tanto la uva sin pepitas como las nueces casan muy bien con el queso y el membrillo.

✳✳✳✳

Tras terminar la cena han quitado el mantel y Catalina ha preparado unas infusiones. José y ella toman un rooibós con sabor a galleta y piel de naranja. Lola prefiere una infusión de jengibre con limón y el *Sankris* toma un café solo. Un café fuerte y oscuro que tiene su propio cuerpo.

Si yo me tomo ese café, piensa Catalina, no duermo en un mes. ¡Qué barbaro!, menudo estómago debe de tener.

Después de los cafés Lola vuelve a repasar el documento de Lída. Sigue obsesionada con encontrar las claves del mismo. No entiende cómo un documento tan poco enjundioso ha podido llevar a la muerte a una persona y a la detención de otra. Y eso, piensa, sin tener en cuenta la insistencia de todo un gobierno, como el alemán, por recuperarlo. Algo tiene que tener, le dice al *Sankris*, que lo haga tan apetecible para esa gente.

¿Pero lo habéis mirado bien?

De arriba abajo, de un lado y del otro. No hay nada. O al menos nosotros no hemos encontrado la clave de su importancia.

Eso es que no lo habéis mirado bien. Déjame a mí, le dice a Lola, verás cómo lo encuentro a la primera.

Eso, dice Pizarro, déjale al Doctor Jones que encuentre el arca perdida entre las hojas del documento.

Catalina ríe el comentario de Pizarro mientras Lola les hace un gesto con la cara y la boca para que se callen y no sean tan displicentes con el muchacho.

En alguna parte del mismo, le repite a *Sankris,* debería existir una clave, un aviso, una anotación que se descubriera algo por lo que alguien puede llegar incluso a matar.

¿Qué *Sankris*, cómo va la investigación?

No te burles, dice Lola. Una vez *Sankris* consiguió descubrir una incógnita que la Universidad llevaba años sin descubrir.

¡No me digas! ¿El Bosón de Higss, la existencia de Thonis?

Ya vale, Pizarro. Una vez, haciendo un test, el profesor les dijo que la respuesta 21 no la trataran de resolver porque se trataba de un error. La proposición preguntaba cuál era el término que designaba, con un mismo nombre, un mineral y un animal. El *Sankris* levantó la mano y dijo yo lo sé. El profesor se cachondeó, como tú ahora, y cuando el *Sankris* contestó el listo de turno se quedó bocas.

¿Y cuál era el término?, preguntó Catalina.

Mica. La mica era un mineral y la mica que es el femenino de un género de primates, contestó el *Sankris*.

¡Hostia *Sankris*!, los dejarías de una pieza.

Sí jefe. Se les quedó la misma cara que a usted.

Toma, le dijo Lola, para que te marches con los soldados.

El *Sankris* volvió de adelante a atrás el documento, lo giró, lo volvió a pasar, página por página de atrás hacia delante y volvió a repetirlo en varias ocasiones. A eso de los diez minutos lo dejó sobre la mesa y anunció: ya está. Estaba *chupao*. Y se quedó más ancho que largo.

¿Qué dices, *Sankri*?, le dijo Lola. ¿Dónde estaba el misterio?

Verás, hay que explicar algo antes de descubrirlo. ¿Sabéis qué es la letra capital? Ya veo que no. Se denomina letra capitular o capital a un tipo de letra que aparece al comienzo de un texto o un capítulo. También a un texto aunque es más raro ya que abundaría su presencia y desluciría su resalto. La letra capital o capitular es notablemente mayor de tamaño que el resto de las letras que acompañan el texto. En el texto que nos ocupa no se ha puesto de mayor tamaño precisamente para esconderlo. Tened en cuenta que la autora lo que buscaba es dar una clave que no estuviera al alcance de todo sino de alguien despierto, hábil y con la suficiente inteligencia como para verlo de un solo golpe. O sea yo, dijo subiendo los brazos, con los puños cerrados y soltando una risotada.

Perdonad la fantasmada pero es que no tengo abuela.

Al arte de esconder mensajes, dice Sankris, se le llama criptografía. Y se ha venido haciendo desde el principio de los siglos. Así ocurrió desde las escítalas espartanas hasta el álgebra modular pasando por el cifrado César o la máquina Enigma.

Para entonces y mientras *Sankris* continuaba con su explicación, Catalina y Pizarro continuaban con la boca abierta.

Una de las fórmulas básicas para esconder mensajes, sigue *Sankris*, son los acrósticos, aunque esta fórmula no es estrictamente una herramienta criptográfica. Se basa en una composición formada por distintas frases y que, cogiendo la primera letra de cada frase, forman un vocablo oculto. Si observáis el texto que dejó la *menda* esta, la Baarová, y tomamos cada una de las letras capitulares, encontramos las siguientes letras y números: p-a-a-a-r-o-t-d-1-3-2 y aquí está la clave. ¿Lo veis?

No, dice Catalina.

Yo tampoco, contesta Pizarro.

Ni yo, dice Lola.

Pues está *chupao*. La Baarová era más lista que los ratones *coloraos*. Para evitar que cualquier menda pudiera descubrirlo puso las letras capitulares sin ningún orden ni concierto. Así, si uno intentaba descubrir el acróstico se encontraría con esa sucesión de letras y números sin ningún tipo de significado. Pero claro que lo tiene. Mirad.

Sankri escribió todas las letras en papelillos que cortó previamente con una tijera. Una letra en cada papelito. Y otras tres con cada uno de los números.

Si vamos dando cuerpo al significado de cada una de estas letras tan solo nos sale una palabra inteligente: apartado. No hace falta buscar más pues Baarová, al colocar tres letras *a*, ha eliminado la posibilidad de cualquier otra palabra. Luego, los tres números determinan el número de apartado al que se refiere y que, en este caso, podría ser el 132, el 231, el 123, el 321, el 312, etc. Es un juego difícil de conseguir pero brillante.

Hostia, *Sankris*, brillante has sido tú, le dice Pizarro. ¿Dónde tenías escondido todo ese potencial, canalla?

Ah, jefe. Para estar en la calle hay que ser muy listo; sí, pero también inteligente. La listeza es una virtud para el contacto con la calle, la inteligencia lo es para sostenerte y avanzar.

¡Qué cabrón!, se le escapó a Pizarro.

Ahora, dice Lola, solo nos falta saber qué ha querido decir Baarová con eso del apartado y los números.

Muy sencillo, dice Pizarro. Es un apartado de correos. El mejor sitio para mantener un documento en secreto. Al menos mientras se pague por él. ¿No es así, *Sankris*?

Ni yo lo hubiera dicho mejor. Jefe.

Pero queda una cosa por resolver, dice Lola. Si es un apartado de correos seguramente se abrirá con una llave que no hemos encontrado. ¿Cómo vamos a abrir un apartado de correos, que solo lo podría hacer la policía con autorización judicial sin tener la llave? Si yo le planteo esto a un juez, dice Catalina, me manda encerrar por loca.

Tampoco tendría que ser eso, dice *Sankris*. Si yo fuese Baarová, que no lo soy, haría una jugada maestra. Cambiaría el llavín de la caja de madera poniendo una bocallave que solo pudiera ser abierta con la llave del apartado de correos. Esto es, poner la misma cerradura en la caja que la que tenía la llave. Así, con una llave que abra la caja también abriría la del apartado de correos.

Míralo, dice Pizarro. Y parecía tonto allí, en el bar Vietnam, cuando lo encontramos comiendo bravas. Usted sí que es listo, jefe. Que me echó el ojo enseguida.

Y creo que tengo a la persona que nos puede conseguir esa cerradura y esa llave: *El Lupas*.

CAPÍTULO 29. Las pruebas

Tenemos varios problemas, le dice Pizarro a Balo y a Jato. Por un lado creemos que el documento histórico debe de estar depositado en un apartado de correos. No sabemos dónde, aunque suponemos que Baarová, al vivir en Madrid, utilizaría un apartado de correos de la capital pero, claro, en Madrid existen una gran cantidad de oficinas que tiene este tipo de apartados. Además de eso tendríamos que abrirlo con una llave que, igual no es la propia, y tendríamos que volver a empezar.

¿Me estás diciendo que traes el caso cogido con pinzas? ¿Qué todo e una suposición y que quien ha elucubrado el asunto es el *Sankris*?

Tal cual, Balo. Pero no te equivoques, como me ha pasado a mí, el tío es un genio.

Entonces podemos hacer una cosa. Un uniformado podría acompañaros a cada una de las oficinas de correos que tienen apartados y, delante suyo y para que no haya malos rollos con los empleados, intentar abrir los números que lleváis en esa relación. El 123, el 132 y tal ¿No es así?

Justo, Balo. Si el empleado se pone borde el uniformado podría informarle de que es un asunto policial. Que se trata de verificar que la llave corresponde con uno de esos casilleros. No creo que ninguno de los empleados, ni siquiera el director de la sucursal, se atreva a llamar al juez. Porque si llama a la comisaría podríamos hacernos cargo pero si lo hace con el juez…

¿Y a qué juez iba a llamar? No creo que los directores de sucursales de correos tengan el número de algún juez específico. Le valdrá con la credencial del uniformado y el número tuyo por si lo quiere verificar.

A mí no me metas en el asunto, Pizarro. Eso es algo que no puedo aceptar. Si acaso díselo a alguno de tus hombres, que esté al tanto en la centralita, por si llaman.

Mira, tienes razón. Se lo diré a Higuero, que está en la recepción. Además, si se pone picajoso el cartero, Higuero sabrá liarle con esos cambios de palabra que tan bien se le da.

Adelante, entonces. Y me tenéis perfectamente informado. Lo creáis o no ya me ha picado la mosca del cotillero y estoy deseando saber en qué queda esto.

Seguramente no será nada, dice Pizarro. Pero no hay mejor cosa que ponerse manos a la obra para saber si es cierto o no.

****

Sankris se ha convertido, de facto, en el hombre de Pizarro. Hay que verlo cómo toma decisiones. Y con qué seguridad y acierto.

Empezaremos por la central, en Cibeles. De allí iremos avanzando de sucursal en sucursal por el año de fundación de la misma. Tiene que ser una sucursal que ya estuviese abierta en los años en que Baarová estaba en Madrid. No nos vale, por tanto, ninguna sucursal que se inaugurara después de esas fechas. Aunque presiento que va a ser en la Oficina Principal del Paseo del Prado donde estará. No hay que olvidar que Baarová vivía, por aquellos entonces, en la Glorieta de Neptuno, junto al Palace.

La comitiva que se acerca desde Cibeles hasta la entrada de la fachada del Paseo del Prado. Allí están los 2.573 apartados postales con sus buzones de tapa plateada y sus 2.573 llaves distintas. Sobre cada uno de sus buzones un número del 1 al 2.573 muestra un mismo modelo de buzón. A su derecha está el almacén de paquetería y los servicios de filatelia. A esta parte se entra por el viejo acceso de la calle Montalbán. Requena, que también acompaña a Pizarro, recuerda cuando, de botones, venía cargado de paquetones de sobres para su entrega.

Pizarro lleva en su mano la llave que ha fabricado *El Lupas* y un trozo de papel donde están, relacionados, los números que con la serie 1-2-3 pueden formar. En total seis series. Comienzan a probar con la serie que empieza por el 1. 1,2,3, nada. 1,3,2, tampoco. Ahora toca con el 2. 2.1.3, no; 2.3.1. ¡Bingo! La llave gira y la puerta se abre.

A lo largo de la prueba de la llave ni Pizarro, ni *Sakris*, ni Requena respiraban.

Menos mal que se abrió pronto, dice Requena. Estaba sin resuello.

Todos sonríen. A ellos también les pasaba.

Pizarro se agacha para mirar qué es lo que se encuentra dentro del buzón. No se puede ver y pone la linterna de su teléfono móvil. Hay un solo sobre. Un sobre grande, doblado. Con gran cuidado comienza a sacarlo. No quiere dar tirones para evitar que se rompa. Debe de llevar allí, bastantes años y podría estar en mal estado.

Lo saca y comprueba que no tiene dirección ni remite alguno. Está en blanco, sin ningún tipo de acreditación u orden de entrega. A Pizarro comienza, ahora, a surgirle una duda. ¿Y si el apartado no era el de Baarová y está violando el secreto de la comunicación de alguna persona? Enseguida le pide a Requena que lo tome en sus manos. Él es una autoridad y está seguro ante esa circunstancia.

Salen de Correos sin ningún tipo de oposición o sospecha de ninguno de los empleados. A fin de cuentas, piensa, nadie sospecha de un policía de uniforme. Salen hacia la plaza de Cibeles. En el lateral tiene aparcado su coche oficial Requena que los lleva hasta Torrelodones, el domicilio particular de Pizarro. Allí les está esperando Lola.

Al llegar a la casa Lola le dice a Pizarro que llame a Catalina.

Está de los nervios. Ya sabes cómo es. Estará pensando que te han detenido por violación de secretos oficiales o algo por el estilo.

No seas exagerada, Lola. Estará, como todos, deseando saber qué contiene el sobre y, sobre todo, si con ello podremos resolver el asesinato del rubio de la musculatura de comic.

Y no te olvides del agregado, que ese también tenía lo suyo.

No lo olvido. Como para olvidarlo.

****

Todos esperan un sobre lleno de documentación relativa al viaje de Rudolf Hess, de la Operación Barbarroja o de la Operación Colibrí. Notas, datos, fechas, de todo lo acontecido durante la ocupación de Rusia o el fantástico viaje de Hess a Glasgow. Pero no. Lo que guarda el sobre son apenas unas anotaciones sobre otro acontecimiento: la entrada en el bunker de Hitler por parte del ejército aliado.

Pizarro y Lola dudan. ¿Para esto tanto secretismo? ¿Qué es lo que Lída querría decirnos con esto?

Tranquilízate, Lola. Vamos a leerlo de detenimiento. Veremos qué es lo que significa.

Comienzan la lectura del pequeño grupo de folios en español, el idioma que Lída eligió para evitar que alguien pudiera interpretarlo. Lída va relatando el día de la entrada de Hitler en el *Füfhrerbunker*, el refugio antiaéreo ubicado cerca de la Cancillería que servía a Hitler de refugio ante los bombardeos aliados. Era un complejo subterráneo de búnkeres, en realidad. En el *Führerhauptquartiere* se instaló Hitler el día 16 de enero de 1945 convirtiéndolo en el centro de operación hasta la última semana de guerra. En este mismo bunker se casó con Eva Braun menos de cuarenta horas antes de suicidarse.

Ese 16 de enero se enclaustraron, con él, el *Reichsleiter* Martin Bormann, el sucesor de Rudolf Hess en los favores alocados del Führer, Eva Braun y Joseph Goebbels. Estos últimos se unieron en abril. Goebbels, quien quiso divorciarse para unirse a mí, dice Lída en su escrito, se llevó con el a Magda y sus seis hijos y los instalaron en el *Vorbunker*, el antebunker que estaba situado en el plano superior. El grupo de ocupantes se completaba con dos o tres docenas de personal de apoyo, un médico y el resto administrativos elegidos por su lealtad al Führer. También estaba el secretario de Hitler, Traudl Junge y una enfermera, Erna Flegel, la misma que ella recordaba de fiestas celebradas con Goebbels y que fue la redactora del testamento político de Hitler. El último de los ocupantes era un *Oberscharfürer*, Rochus Misch, el último de los supervivientes y el último soldado que abandonó el búnker el 2 de mayo, antes de que el Ejército Rojo tomara la capital del Reich.

El bunker, al estar construido bajo el nivel freático era húmedo y opresivo. La atmósfera, al estar abarrotado de gente, era agobiante. Hitler, no obstante, aún paseaba, algunos días a Blondi, su perra pastor alemana que le regaló el lameculos de Martin Bormann.

El 20 de abril era el cumpleaños de Hitler; su quincuagésimo sexto cumpleaños. Ese día Adolf Hitler subió a la superficie por última vez. Tenía que entregar la Cruz de Hierro a los niños soldados de las Juventudes Hitlerianas. Esa misma tarde resultó bombardeado, por primera vez, el bunker por la artillería soviética.

Hitler nunca aceptó el final y depositó toda su confianza en el *Armeeabteilung Steitner*, comandado por el general Steitner. El 22 de abril Hitler se da cuenta de que Steitner no puede moverse. Ahí, dice Lída, es el primer momento en que Hitler se dio cuenta de que la guerra estaba perdida.

La media noche del 28 al 29 de abril en una pequeña ceremonia civil Hitler y Eva Braun se casaron y la secretaria Junge escribió al dictado las últimas voluntades del Führer. Testigos de todo fueron el general Burgdorf, Goebbels y Bormann quienes firmaron los documentos a las 4 de la madrugada. Hitler y Braun se retiraron a su dormitorio.

La tarde del día 3 sería la última del matrimonio. Hitler se pegó un tiro y Braun tomó una ampolla de cianuro. De acuerdo con sus instrucciones los cuerpos fueron quemados en el jardín trasero de la Cancillería. Goebbels consiguió, así, convertirse en el nuevo jefe de Gobierno y Canciller de Alemania de acuerdo con el testamento de Hitler.

Le duró poca la satisfacción, esa es la verdad. A la tarde del día siguiente, Goebbels, el monstruo, envenenó a sus propios hijos. Uno tras otro, ante la atenta mirada de su mujer y salieron del refugio. Goebbels le disparó a su esposa y, después, lo hizo consigo mismo. Antes había mordido una ampolla de cianuro por si fallaba. El tiro de gracia se lo dio su ayudante, el ínclito Günter Schwägermann. Siguiendo sus instrucciones mandó a un soldado de las SS que les disparara una ráfaga a cada uno y quemaron sus cuerpos que dejaron sin enterrar.

Esta es la verdad, termina Lída Baarová. La verdad que me fue contada por el propio Rochus Misch de puño y letra en una carta que me envió desde Berlín, donde vivió tras haber sido capturado por los rusos y condenado a trabajos forzados. Misch, un ejemplo de la negativa alemana a admitir sus culpas, decía aún en esa carta que, a pesar de transferir toda clase de mensajes, de ver todo tipo de actos violentos y conocer, de primera mano, los distintos estamentos del régimen, nunca llegó a enterarse del horror que infligieron a la Humanidad.

Dejo este pequeño dossier, que podría haberse engordado hasta el fin de las tropelías cometidas por el fascismo hitleriano para que sea recordado en las venideras generaciones. Yo misma, como le ocurrió a Misch, negaba por activa y por pasiva, conocer el horror de las deportaciones, de las cremaciones, del asesinato masivo de Hitler y sus hombres pero, finalmente, he visto que no nos podemos engañar. Fui, como la gran mayoría de quienes vivimos de cerca el horror nazi, tan culpable como ellos. Ahora, exiliada y sin poder volver a mi tierra, perseguida todavía por hombres del régimen que viven en este país de acogida que es España, grito ¡basta ya de mentir!, ¡basta ya de callar! y ¡basta ya de justificaciones! Somos culpables y pido perdón, por ello, a quienes haya podido dañar con mi silencio culpable. Lo firma Ludmila Babková

Lola está terminando la lectura del escrito y llora de forma desconsolada. Esta terriblemente afectada por lo que ha leído. Está tremendamente apesadumbrada por el daño y por dolor que exuda el texto. Catalina trata de consolarla, pero es el *Sankris* quien, finalmente, la arropa entre sus brazos y acariciándola el pelo, como a una pequeña gata, consigue calmarla

CAPÍTULO 30. Y final

Tenemos que sacar esto a la luz, dice Lola. No podemos callar o también nosotros seríamos culpables. Pero tengo muchas dudas. Dudas acerca de la verosimilitud, claro, pero sobre todo si hacerlo público ayudará a poner negro sobre blanco el papel de Lída en este asunto.

Tener dudas te convierte en un ser humano. Le dice Pizarro. De las dudas y la prudencia nacen la tranquilidad y la seguridad. Ten muy claro el paso a dar. El ser humano tiene una cosa que nos diferencia de las bestias: la capacidad de discernimiento y la recompensa de la decisión acertada. Alterar la Historia, removiendo decisiones admitidas como ciertas y consolidadas históricamente creando dudas sin base alguna de verosimilitud puede alentar el rebrote del odio, del horror. Si nosotros descubrimos que esa verdad admitida no lo es tal o varía con lo establecido estaríamos cambiando aquello que ya está admitido como cierto y superado. Podríamos coadyuvar a rebotar el odio.

¿Aunque no sea lo ocurrido?, pregunta Lola.

Aunque no lo sea. Porque tampoco podemos dar por cierta la opinión de Lída por un documento que se basa en una carta de un hombre que era parte del horror y que pudiera contradecir esa verdad ya admitida. Pero es que, además, Lola, no es cierto que lo relatado en la carta de Misch contradiga lo que ya sabíamos.

Sí en el caso de Babková, que pasó a la Historia como una puta, una cortesana que se benefició del régimen cuando éste la condenó.

La línea que separa la verdad de la fábula es muy delgada. Está llena de interrogantes y de intuiciones pero vacía de toda razón. Después de ochenta años y con todos sus actores fallecidos no merece la pena preocuparse por famas y glorias pasadas.

El jefe tiene razón, le dice el *Sankris*. Ahora lo que se impone es destruir ese documento y decirle a la *poli* que no había nada en el apartado de correos. Su amigo el *madero* nos dará cobertura, ¿verdad, jefe?

Requena. Sí. Por supuesto.

Pues entonces. Nos deshacemos del documento, entregamos la caja y el resto a la embajada, por una pasta, claro, y nos vamos de *jolidais* a cuenta de los nazis. ¿Qué te parece, Lolita?

Estás tonto, ríe Lola seguida de Pizarro y Catalina.

****

El documento fue arrojado a la chimenea de la casa de Pizarro. Lola y *Sankris* sacaron una buena tajada por la venta de la caja, el papel que alojaba dentro y el documento que Arteta había guardado disimulado en la taquilla de la residencia madrileña.

Catalina y Pizarro han celebrado el nuevo año con una comida espléndida en la casa del ex comisario. Han acudido todos sus antiguos compañeros. Balo y Jato tienen la mosca tras la oreja. Están seguros de que el final ha sido otro muy distinto del que le cuentan. Pero al menos ha terminado todo bien, con una buena comida y un brindis por el nuevo ayudante de Pizarro: el *Sankris*.

AGRADECIMIENTOS

A Antonio, mi padre, un fanático de la Guerra Mundial, de los tebeos de Hazañas Bélicas y del Sargento Gorila.

A Antonio Piedrafita Lobo, que me contó –seguramente y conociéndolo- novelada la verdadera historia de Skorzeny en Madrid.

A Gonzalo Aparicio, el sufrido corrector de mis escritos.

A mis niñas, Claudia y Carmencita, como siempre.

A Mutriku, por su paciencia en estas tardes de evasión de mis obligaciones.

A usted, que está leyendo esto.

Y a mi querido y entrañable ordenador de mesa y su añejo sistema Windows XP sin el cual el Word me parecería sumerio o mandarín.

Gracias a todos.

Editorial: BoD · Books on Demand, Calle de Manzanares, 4,
28005 Madrid, bod@bod.com.es
Impresión: Libri Plureos GmbH, Friedensallee 273,
22763 Hamburg (Alemania)
ISBN: 978-84-1092-080-4